生態批評與道家哲學視閾下的弗羅斯特詩歌研究

從不同角度研讀同一文學作品可以給讀者帶來不同的閱讀體驗。生態批評和道家思想為文學作品的解讀提供了一條嶄新的路徑。

本書秉持生態批評和道家視角，以哲學家阿倫・奈斯的深層生態學和道家思想創始人老子及其繼承者莊子的著作為理論依據，在對弗羅斯特的作品做了細密甄選的基礎上，從中選擇了具有代表性的詩歌，然後在對它們進行了細緻的解讀與深入的文本分析的基礎上，探討弗羅斯特詩歌中蘊含的深層生態意識和道家思想。

肖錦鳳、李玲 著

財經錢線

序

　　羅伯特·弗羅斯特（Robert Frost，1874—1963）是20世紀美國著名的詩人。他的作品不僅詩意雋永，富於哲理，還體現出了濃濃的生態批評意味，並折射出對道家思想的反應，這使其作品具有重要的現實意義。

　　生態批評是西方20世紀70年代在文學領域中興起的重要的文學現象。正如美國學者魯克爾特提出的那樣：文學要與生態學結合起來，文學家與批評家必須具有生態學的視野。到20世紀90年代，生態批評已經成為重要的顯學。目前儘管對生態批評的內涵爭論頗多，但有一點是共同的：生態批評是以生態整體觀觀察自然和人類的關係，並努力尋求生態危機根源的文學現象。深層生態學是生態批評的一個重要組成部分。深層生態學所持的是一種整體主義的環境思想，通常被稱為生態中心主義。這種觀點把整個生物圈乃至宇宙看成一個生態系統，認為生態系統中的一切事物都是相互聯繫、相互作用的，人類只是這一系統中的一部分，人類的生存與其他部分的存在狀況緊密相連，生態系統的完整性決定著人類的生活質量，因此人類無權破壞生態系統的完整性。任何文學現象總有其產生的客觀基礎與可繼承的文化資源。生態批評在短短的20年間就成為重要的文學現象，除了西方現代化發展導致人們對其反思之外，弗羅斯特等人的作品也是生態批評文學現象的重要文化資

源。弗羅斯特的作品所體現的生態批評思想或者說觀點，是他那個時代最為重要的精神產品，也是當下生態批評的重要資源。他從人與自然的關係入手，以獨特的視角對工業文明進行了堅決的批判。儘管當時人們對其作品的生態思想不甚瞭解，僅僅把他理解為一個大自然的愛好者，但其作品所體現出的生態批評思想，尤其是他詩歌中所蘊含的深層生態意識，的確值得我們對其作品重新評價與把握。事實上，弗羅斯特詩歌中的深層生態意識，是他留給世界的文化遺產中重要的一部分。它不僅能幫助我們更好地學習弗羅斯特的詩歌，理解他的詩歌藝術，還能幫助我們更好地認識大自然，領悟大自然中所蘊含的人生哲理。因此，弗羅斯特的深層生態意識是值得我們去發掘和探討的。

　　文化是超越國界與社會的人類共同財富。在跨文化交際的過程中，不同的文化思想相互碰撞、相互滋潤、相互融合，這是一個永不休止，並對社會進步起著重要作用的過程。當今社會正處於急遽變革的階段，社會的這種變革比任何時候更加深刻的地方在於：由科學技術的高度發展帶來的人與自然關係的高度緊張，生態危機出現；由市場經濟的高度發展帶來的人與人之間的激烈競爭。在由技術和商品支配的現代社會裡，人不得不更加功利化，人不得不更加發展「算計之心」，而由此帶來的后果是人的茫然和失落以及人對外在世界的身不由己的神祕感、疏離感和異化感。面對現代社會的這一弊病，人們自然想起道家恬淡平靜的心境，與自然親近以至合一的生活情趣。於是道家思想對現代社會以及人的精神追求就具有了特定的價值。弗羅斯特的詩歌不僅打動了美國的讀者和評論家，同時也在世界範圍內產生了深遠的影響。他的詩歌中折射出對道家思想的反應，為此筆者在充分吸收和借鑑中外弗羅斯特詩歌研究成果的基礎上，通過對「道法自然」「天人合一」「無為」「絕

聖棄智，絕仁棄義」「虛靜」「返璞歸真」等道家思想在弗羅斯特詩歌中體現的挖掘、道家美在弗羅斯特詩歌中的呈現及其啟示以及弗羅斯特思想與中國經典道家思想的契合這些方面來探討道家思想對世界文化的深刻影響以及中西方文化的交融，同時吸取二者的精華——人與自然的和諧、人與人的和諧、人與社會的和諧，來正確處理現代社會人與自然、人與人、人與社會之間的關係，探尋一條如何從自然、社會和自我的束縛中解脫的道路，緩解現代社會的生態危機，促進現代人身心的健康發展。事實上，從道家思想的角度研讀弗羅斯特的詩歌，也能幫助我們更好地理解弗羅斯特的詩歌，更好地認識身邊的大自然，領悟大自然中所蘊含的人生哲理。這是該領域的一個探索性研究，能為文學作品的解讀提供一個新的有意義的思路，同時也能讓讀者對弗羅斯特和道家思想有一個更新、更深的理解。

　　總之，從不同角度研讀同一文學作品可以給讀者帶來不同的閱讀體驗。生態批評和道家思想為文學作品的解讀提供了一條嶄新的路徑。本書秉持生態批評和道家視角，以哲學家阿倫·奈斯的深層生態學和道家思想創始人老子及其繼承者莊子的著作為理論依據，在對弗羅斯特的作品做了細密甄選的基礎上，從中選擇了具有代表性的詩歌，然后在對它們進行細緻的解讀與深入的文本分析基礎上，探討弗羅斯特詩歌中蘊含的深層生態意識和道家思想。本書的主旨有三：一是挖掘弗羅斯特詩歌在深層生態學方面的思想意蘊，以服務於當今生態文明之建設；二是分析弗羅斯特詩歌中的道家思想，激發人們對道家美的追求，緩解現代社會的生態危機；三是通過對西方深層生態學和中國傳統文化道家思想在同一作家生平及其作品中的體現，闡釋中西方文化的相通性，為中國傳統文化走向世界添磚加瓦，奉獻自己的微薄之力。

本書可視為一本學術專著，因為本書的出現可望為弗羅斯特、生態批評、道家思想的研究注入新的血液，附錄中的弗羅斯特詩歌精選和道家思想創始人老子的《道德經》也將為廣大詩歌愛好者和道家思想研究者登堂入室、修身養性提供很好的營養。

肖錦鳳　李　玲

目錄

第一章　弗羅斯特及其詩歌概述 / 1

　　第一節　弗羅斯特：時代、生平與創作 / 1

　　第二節　弗羅斯特詩歌的藝術特徵 / 3

　　第三節　弗羅斯特詩歌的哲學和詩學理論淵源 / 20

第二章　生態批評視閾下的弗羅斯特詩歌 / 30

　　第一節　何為生態批評 / 30

　　第二節　弗羅斯特詩歌的深層生態意識 / 34

　　第三節　弗羅斯特詩歌深層生態意識的成因 / 45

　　第四節　弗羅斯特詩歌深層生態意識的價值 / 49

第三章　道家哲學視角下的弗羅斯特詩歌 / 53

　　第一節　道家思想概述 / 53

　　第二節　「道法自然」「天人合一」/ 56

　　第三節　「無為」「絕聖棄智，絕仁棄義」/ 64

第四節 「虛靜」「返璞歸真」／ 85

第五節 道家美在弗羅斯特詩歌中的呈現及其啟示／ 102

第六節 弗羅斯特思想與中國經典道家思想的契合／ 113

第四章 結語／ 120

主要參考文獻／ 126

附錄1：弗羅斯特詩歌精選／ 133

附錄2：《道德經》／ 183

第一章　弗羅斯特及其詩歌概述

第一節　弗羅斯特：時代、生平與創作

眾所周知，工業革命開始於英國，它開創了以機器代替手工勞動的時代。這不僅是一次技術改革，也是一場深刻的社會變革。到 19 世紀，美國也加入到了工業革命的行列，但是工業革命的后果絕不是把美國變成了人間的樂園與天堂。「西進運動」對美國經濟的發展和國力的增強有著十分重大的意義。西部肥沃的土地為美國農業的發展提供了廣闊的天地，使美國一躍成為最大的農產品出口國之一。東部傳統的工業區和西部農業區，促使美國的專業化經濟發展起來。隨著工業革命的發展，美國的經濟也以驚人的速度增長，經濟結構發生了根本性的變化，由過去的農業國變成了工業國。然而，科學技術是一把雙刃劍，它讓社會進步的同時也帶來了許多社會問題以及人的異化狀態。工業革命的發展，使得自然環境每況愈下，社會貧富差距越來越大，人與人之間的美好關係變得冷漠、敵對。人們的積極性和創造性都被吸引到追逐物質財富上去了，物欲橫流，金錢第一，原來田園詩般的生活隨著工業革命的到來逐漸遠去。正是在這樣的時代背景之下，弗羅斯特出生了。

弗羅斯特 1874 年出生於舊金山，他的雙親都是教師，但他父親的興趣始終是政治和新聞，而且認為記者工作是通向政治生涯的「踏腳板」。在弗羅斯特 11 歲時，他的父親去世，母親帶著他離開了生活了 11 年的舊金山，回到了新英格蘭馬薩諸塞州他父親的老家勞倫斯城。自此弗羅斯特就在當地開始讀書。1892 年，弗羅斯特以優異的成績從勞倫斯高中畢業考入了達特茅斯學院，但就讀沒多久就輟學了。據弗羅斯特的傳記作家勞倫斯‧湯普森所述，弗羅斯特第一學期還沒結束就離開達特茅斯學院是因為他覺得這所大學在學術研究方面滿足不了他的需求。后來幾經周折弗羅斯特考入了哈佛大學，但是由於身體

和家庭的狀況不佳，他未能完成學業。

　　1895 年，弗羅斯特和高中時期的女友懷特喜結良緣。婚后直至 1912 年，弗羅斯特一家都定居在新罕布什爾州的德瑞鎮上，開始了他「象徵性農民」和「象徵性教師」的生活。在那些日子裡他決心要成為一名重要的詩人並創作了大量的詩歌，但當時未能如願出版。渴望更光明的前景，1912 年弗羅斯特賣掉了他的德瑞農場，舉家遷至英國蘇格蘭的格拉斯哥。在那裡，他結識了許多文學巨匠，如龐德（Ezra Pound, 1885—1972）、吉布森（Wilfrid Gibson, 1878—1962）、赫爾姆（Thomas Ernest Hulme, 1883—1917）和其他一些詩人。很快他出版了他的第一本詩集《少年的心願》（A Boy's Will）。詩集以新英格蘭農村為背景，具有濃鬱的鄉土氣息和誘人的田園情趣，文風質樸，簡單深邃，立刻受到了英國詩評界的稱讚。英國許多報刊刊載評論文章，稱讚弗羅斯特的詩歌給英國人帶來一種真摯、坦率、淳樸的氣息。時隔一年，弗羅斯特的第二本詩集《波士頓以北》（North of Boston）問世了，這本詩集亦獲得了詩評界的一致讚揚。1915 年，弗羅斯特回到美國新罕布什爾，這位昔日默默無聞的詩人已經被美國讀者廣泛接受。隨后他出版的四部詩集《新罕布什爾》（New Hampshire）、《詩集》（Collected Poems）、《山外有山》（A Further Range）、《見證樹》（A Witness Tree）先後四次獲得普利策獎。弗羅斯特獲得了很多詩歌方面的獎項，許多高校包括哈佛大學、牛津大學、劍橋大學都給他授予了文學博士學位。美國科學藝術研究會還給他頒發了「愛默生—梭羅勳章」。1950 年，美國國會參議院在弗羅斯特 75 歲生日的前兩天通過一項決議，祝賀弗羅斯特在詩歌創作方面所取得的偉大成就以及對美國文學發展所做的偉大貢獻。決議理由如下：「由於弗羅斯特在他的許多詩集中給美國人民講述許多被各個時代、各行各業的人們所喜歡、復述和思考的故事和詩篇，由於在過去的半個世紀中，弗羅斯特的詩歌不僅幫助許多人瞭解美國而且喚起了他們的愛國熱情，由於弗羅斯特在美國文學史上的牢固地位，由於 3 月 26 日是弗羅斯特 75 歲壽辰，美國國會參議院代表國家向他致以崇高的敬意！」（Lawrance Thompson & R. H. Winnick）1963 年，弗羅斯特因肺栓塞去世，享年 89 歲。

　　弗羅斯特的一生目睹了美國的巨大變化，青少年時期見證了 20 世紀美國工業化帶來的巨大變化。以科技為特徵的現代生活開始打破鄉村平靜的生活，也打碎了弗羅斯特對鄉村生活的甜蜜回憶。弗羅斯特的詩集，表面上看是抒寫自然，其實更多的是對人性的思考和對環境的擔憂，他關心的是迷離的大自然和人。可以說他是一個執著的人類精神家園的守望者，渴望「詩意地栖居於大地」。他用藝術的手法含蓄地反應了他所處的時代，揭示了現代社會的物質

化及混亂狀態，表達了對現代性的反思。這使他的作品閃爍出生態批評和道家思想的熠熠光輝。

第二節　弗羅斯特詩歌的藝術特徵

　　羅伯特・弗羅斯特是 20 世紀美國最著名的自然詩人，也是美國人民最喜愛並引以為豪的少數幾位詩人之一，先後四次獲得普利策獎。他一生創作了許多詩歌，他的詩歌風格簡潔而含義雋永，看似平淡實則技藝精湛。評論家約翰・F. 萊恩曾說：「弗羅斯特的自然詩極好，極有特色，任何談論藝術的文章都應把它放在突出的地位。」（Manorama Trikha）弗羅斯特的詩歌何以能如此受人喜愛，筆者認為其原因是多方面的。首先，他的詩歌大多以美國新英格蘭鄉村為背景，具有濃鬱的鄉土氣息和誘人的田園情趣。這些詩歌對於飽受過度工業化、過度文明之苦的現代美國人來說，猶如一曲曲優美動聽的牧歌，宛似一幅幅令人心曠神怡的田園詩畫，令他們流連忘返。而且詩人那種寓居於田野之中、亦詩亦農、自由自在的生活也是許多現代美國人所向往的。正如盧卡斯・農戈所說：「他的同胞，由於身陷嘈雜和貪婪的巨籠中，都喜歡弗羅斯特，熱愛他那安靜的生活。實際上，弗羅斯特象徵著一種安靜、自知、獨立的普通人——每個美國人都夢想成為這種人。」（Lucas Longo）其次，他的自然詩歌詩文簡樸而富有哲理，能雅俗共賞。唱「下里巴人」者能從中得到樂趣，吟「陽春白雪」者能從中掘以哲理。再次，他不隨波逐流、不墨守成規，他對自然的描述與 19 世紀浪漫主義詩人如華茲華斯等對自然的描寫有所不同，浪漫主義詩人總是描繪自然界的美景及展示自然界一望無際的廣闊視野。在他們的眼裡，自然是溫柔的、可愛的，是人類的朋友。在弗羅斯特的筆下，自然雖美麗卻又是冷漠無情的，人與自然之間有一道無形的屏障。面對自然，弗羅斯特是愛恨交織。弗羅斯特一生寫了大量的詩歌，本節擬以他的一些廣為傳誦的描寫新英格蘭鄉村生活和自然風景的詩歌——弗羅斯特的絕大多數詩歌均屬此類——來闡釋他詩歌的藝術特徵。

一、簡樸詩文，深邃哲理

　　寓哲理於小事，融深刻於平淡，這是弗羅斯特詩歌的藝術特色之一。弗羅斯特善於用簡練通俗的語言來敘述一件看似平淡無奇的故事，他通過對自然景

物的描寫向人們展示深刻的哲理。他曾說過,一首詩應「始於歡樂,終於智慧」(Robert A. Greenberg & James G)。其名作《雪夜在林邊停留》(*STOPPING BY WOODS ON A SNOWY EVENING*) 就是這樣一首「始於歡樂,終於智慧」的哲理抒情詩。

> 我想我知道這樹林是誰的。
> 不過主人的家宅遠在村裡,
> 他不會看見我在這兒停歇
> 觀賞這片冰雪覆蓋的林子。
>
> 想必我的小馬會暗自納悶:
> 怎麼未見農舍就停步不前,
> 在這樹林與冰凍的湖之間,
> 在一年中最最黑暗的夜晚。
>
> 小馬輕輕抖搖頸上的繮鈴
> 仿佛是想問主人是否弄錯。
> 林中萬籟俱寂,了無回聲,
> 只有柔風輕拂,雪花飄落。
>
> 這樹林真美,迷蒙而幽深,
> 但我還有好多諾言要履行,
> 安歇前還須走漫長的路程,
> 安歇前還須走漫長的路程。(普瓦里耶,理查森 291-292①)

　　文字簡樸,寓意深遠是這首詩的特色。沒有驚人的渲染,沒有刻意的雕飾,也沒有複雜的句子,詩句如行雲流水,恬淡自然。詩中出現的名詞都是人們常見的事物,詩中出現的動詞全是英語國家四五歲兒童都懂的最常用的英語動詞。該詩描寫的是在一個大雪紛飛的夜晚,一位行人乘坐馬拉的雪橇回家,途徑一片寧靜而幽深的樹林,被其美麗的雪景吸引而情不自禁地停馬欣賞夜晚大自然的美景,陶醉其中,然而,「這樹林真美,迷蒙而幽深,/但我還有好多諾言要履行,/安歇前還須走漫長的路程,/安歇前還須走漫長的路程」。因此,詩中人不得不離開,去履行自己的社會職責。此詩看似僅僅在描寫冬夜偶遇的一個「迷蒙而幽深的樹林」,究其深意,讀者就會發現這遠遠不只是一幅

---

① 理查德·普瓦里耶,馬克·理查森. 弗羅斯特集:詩全集、散文和戲劇作品 [M]. 曹明倫,譯. 沈陽:遼寧教育出版社,2002. (以下出現皆標明作者名和所在頁碼)

靜謐的雪夜林景，而是表達了人生旅途中的矛盾。那片外表可愛本質黑暗幽深的林海象徵著大自然的神祕，它對詩中人有著無窮的誘惑，詩中人很想走進叢林深處去探索大自然的奧秘，沉醉於美的懷抱，忘卻日常工作和職責，感受這片刻的寧靜，但是他要信守諾言，不得不繼續自己遙遠的旅程。此詩是以象徵手法來描述人的矛盾心理。詩中人內心的矛盾就是生活的責任與追求自然美之間的矛盾：生活的重擔常常使許多人身心疲憊而時時產生困惑，渴望迴歸自然，終止疲倦的生活旅程，卻又欲罷不能。詩中人內心的矛盾是人生際遇中影響人的命運的許多大矛盾的象徵。「promises」（諾言）象徵著詩中人對生活（社會、家庭等）所肩負的責任，「sleep」（安歇）暗示一種停止、放棄或安逸，詩中人在生命結束之前還有未盡的人生旅途。因此，他面臨兩種選擇：駐足賞雪還是繼續趕路？終止生活的旅途還是信守人生諾言？這是一種困惑抑或一種矛盾。而詩中的小馬象徵著一種生活模式：一種只知履行社會責任，不能理解人類追求美好精神享受的生活模式。同時，詩中人借助馬的提醒告誡自己要信守人生諾言。事實上，馬作為參照物，可以看作詩中有美好嚮往的人的另一個側面，一個催詩中人在人生道路上不斷向前，不斷工作，不斷付出的形象，二者形成鮮明的對照，生動地刻畫了詩中人當時的矛盾心理，寓意深刻。

《未走之路》（「*THE ROAD NOT TAKEN*」）也是借助描寫自然景色來引人深思的。

　　　　　金色的樹林中有兩條岔路，
　　　　　可惜我不能沿著兩條路行走；
　　　　　我久久地站在那分岔的地方，
　　　　　極目眺望其中一路的盡頭，
　　　　　直到它轉彎，消失在樹林深處。

　　　　　然后我毅然踏上了另一條路，
　　　　　這條路也許更值得我向往，
　　　　　因為它荒草叢生，人跡罕至；
　　　　　不過說到其冷清與荒涼，
　　　　　兩條路幾乎是一模一樣。

　　　　　那天早晨兩條路都鋪滿落葉，
　　　　　落葉上都沒有被踩踏的痕跡。
　　　　　唉，我把第一條路留給將來！
　　　　　但我知道人世間阡陌縱橫，

> 我不知將來能否再回到那裡。
>
> 我將會一邊嘆息一邊敘說，
> 在某個地方，在很久很久以后：
> 曾有兩條小路在樹林中分手，
> 我選了一條人跡稀少的行走，
> 結果后來的一切都截然不同。（普瓦里耶，理查森 142-143）

詩中現實的場景是詩人在林中的岔路口的躊躇，但隱藏在清晰的景色和樸素的語言后面的，卻是人生過客在每一步路上都會遇到的道路選擇。詩人並不是說兩條路之間一定有什麼對與錯，只是說選擇其中一條路之後，就不能重返故地，而多年以后會相差千里，引起讀者陷入無限的遐想和感慨之中。詩人在詩的開頭即嘆息抉擇的艱難：「金色的樹林中有兩條岔路，/可惜我不能沿著兩條路行走；/我久久地站在那分岔的地方，/極目眺望其中一條路的盡頭，/直到它轉彎，消失在樹林深處。」詩人久久躊躇后選擇那條「荒草叢生，人跡罕至」的道路，但還想把另一條路「留給將來」，心中很不踏實，因為「我知道人世間阡陌縱橫，/我不知將來能否再回到那裡。/我將會一邊嘆息一邊敘說，/在某個地方，在很久很久以后：曾有兩條小路在樹林中分手，/我選了一條人跡稀少的行走，/結果后來的一切都截然不同。」選擇前的猶豫彷徨，選擇後的疑慮或悔恨，種種矛盾心理在詩中得到充分體現，使讀者聯想到自己的人生，產生共鳴，心靈受到震撼。遺憾的是我們不能同時選擇兩條路，人生經歷的可能性就因為抉擇的艱難而受到莫大的限制，自由意志和必然規律之間永遠難以調和。因此，讀弗羅斯特的自然詩，我們不能僅僅停留在詩句的表層意義上，要善於發掘隱藏在詩句后的深刻的哲理內涵。

二、借景抒情，感悟人生

弗羅斯特常常借對自然景物的描寫來抒發自己的內心感受，感悟人生的真諦。《我窗前的樹》（「TREE AT MY WINDOW」）就是一首抒情哲理詩。

> 我窗前的樹喲，窗前的樹，
> 夜幕已降臨，讓我關上窗戶；
> 但請允許我不在你我之間
> 垂下那道障眼的窗簾。
>
> 夢一般迷蒙的樹梢拔地而起，

>　　高高樹冠彌漫在半天雲裡,
>　　你片片輕巧的舌頭喧嚷不停,
>　　但並非句句都很高深。
>
>　　樹喲,我看見你一直搖曳不安,
>　　而要是你曾看見過我在睡眠,
>　　那麼你也看見過我遭受折磨,
>　　看見我幾乎不知所措。
>
>　　那天命運融合了我倆的思想,
>　　命運女神也有她自己的想像,
>　　原來你掛念著外邊的氣候冷暖,
>　　我憂慮著內心的風雲變幻。(普瓦里耶,理查森 322-323)

　　該詩開頭就描寫了詩人渴望與大自然融為一體:「我窗前的樹喲,窗前的樹,/夜幕已降臨,讓我關上窗戶;但請允許我不在你我之間/垂下那道障眼的窗簾。」但他發現人和大自然之間存在著巨大的差別,大自然注重的是外在的東西:「夢一般迷蒙的樹梢拔地而起,/高高樹冠彌漫在半天雲裡,/你片片輕巧的舌頭喧嚷不停,/但並非句句話都很高深。」而人注重的是內在的東西:「原來你掛念著外邊的氣候冷暖,/我憂慮著內心的風雲變幻。」此詩名貌似寫景,實則借景抒情,表達詩人渴望與外界交流,但無法覓得知音的孤獨、矛盾的內心世界,同時詩人把樹視為朋友,平等對待自然中的存在物,也體現了其生態中心主義平等思想。

　　又如《荒野》(「DESERT PLACES」)也是一首抒情哲理詩。

>　　大雪和夜一道降臨,那麼迅捷,
>　　壓向我路過時凝望的一片田野,
>　　田野幾乎被雪蓋成白茫茫一片,
>　　只有少數荒草和麥茬探出積雪。
>
>　　這是它們的——周圍的樹林說。
>　　所有動物都被埋進了藏身之所。
>　　我太缺乏生氣,不值得被掩埋,
>　　但孤獨早已不知不覺把我包裹。
>
>　　儘管孤獨乃寂寞,但那種孤寂
>　　在其減弱之前還將會變本加厲——

白茫茫的雪夜將變成一片空白，
沒有任何內容可以表露或顯示。

人們要嚇唬我不能用蒼茫太空——
無人類居住的星球之間的太空。
我能用自己的荒野來嚇唬自己，
這片荒野離我家近在咫尺之中。（普瓦里耶，理查森 375-376）

　　該詩首先描寫荒凉的田野雪景：「大雪和夜一道降臨，那麼迅捷，／壓向我路過時凝望的一片田野，／田野幾乎被雪蓋成白茫茫一片，／只有少數荒草和麥茬探出積雪。」詩人還多處運用孤獨寂寞、大雪紛飛、黑夜降臨、恐懼等描寫白雪覆蓋的荒凉田野以映襯孤獨悲哀的內心世界，表現了詩人經歷了許多人世艱辛，又遭受愛女瑪喬麗病逝的打擊后，那種寂寞、痛苦的心情。
　　再如《白樺樹》（「BIRCHES」）也是一首精致的抒情哲理詩。

每當我看見白樺樹或左或右地彎下
與一排排較直且較黑的樹木相交，
我都愛想到有位男孩在搖蕩它們。
但搖蕩不會像冰雪那樣使白樺樹
久久彎曲。在晴朗的冬日早晨，
在一場雨后，你肯定看見過它們
被冰凌壓彎。當晨風開始吹拂時，
當風力使它們表面的珐琅裂開時，
它們會咔嚓作響並變得色澤斑駁。
太陽很快會使它們的水晶外套滑落，
落在凍硬的雪地上摔得粉碎——
若要你清除這樣的一堆堆碎玻璃，
你會以為是天堂的內頂塌落人世。
重壓可使它們觸到枯萎的蕨叢，
它們看上去不會折斷，不過一旦被
長久壓彎，它們就再也不會長直；
在以后的歲月裡，你會在樹林中
看見它們樹干彎曲，樹葉垂地，
就像姑娘們手腳並用趴在地上
任洗過的頭髮散在頭上讓太陽曬干。

但我要說的是，即使真相已大白，
白樺樹彎曲是由於冰雪的原因，
我仍然更喜歡有個孩子弄彎它們
在他走出農舍去林中牽牛的時候——
一個離城太遠沒法學棒球的孩子，
他唯一的遊戲就是他自己的發明，
夏天或冬日，他能獨自玩得開心。
他把他父親的白樺樹當做馬騎，
一遍又一遍地挨個兒制服它們，
直到他除掉了那些白樺樹的硬性，
沒剩下一棵不能彎曲，沒留下一棵
不能徵服。他學會了應該學會的
技藝，開始爬樹時不要太快，
這樣就不會使樹過於彎向地面。
他始終都能保持住身體的平衡，
平穩地爬向樹梢，爬得很小心，
就像你平時往酒杯裡斟啤酒，
想讓酒滿杯，甚至稍稍冒出一點。
然后他嗖地一下蹬腳向外跳出，
踢著雙腿從半空中落到地面。
我曾經就是這樣一個蕩樹的孩子。
而且我做夢都想回到少年時代。
那是在我厭倦了思考的時候，
這時生活太像一座沒有路的森林，
你的臉因撞上蜘蛛網而發癢發燒，
你的一只眼睛在流淚，因為一根
小樹枝在它睜著時抽了它一下。
我真想離開這人世一小段時間，
然后再回到這裡重新開始生活。
但願命運別存心誤解我的意思，
只成全我心願的一半，把我攫去
而不送回。人世是適合愛的地方，
因為我不知還有什麼更好的去處。

> 我喜歡憑著爬一棵白樺樹離去，
> 攀著黑色樹枝沿雪白的樹干上天，
> 直到那棵樹沒法再承受我的體重，
> 低下頭把我又重新送回地面。
> 那應該是不錯的離去和歸來。
> 而人之所為可以比蕩白樺樹更有害。（普瓦里耶，理查森 162-164）

該詩首先描寫了冬日裡冰凌壓枝、晨風吹拂時，白樺樹咔咔作響的美麗景色。由兒童攀搖白樺樹轉向對自己生活的思索，詩人希望能再爬一棵白樺樹，回到無憂無慮的少年時代。他對生活已感到了厭倦，就像在森林中迷路的旅行者一樣，蛛絲纏面，滿臉燒傷，一只眼睛還因擦傷而在流淚。詩人精神上和肉體上的痛苦已不堪忍受，他要借爬白樺樹尋找一條出路，一條通向天國的道路，離開人世間一段時間，但由於對生活的眷戀，他只想短暫地逃遁：「我喜歡憑著爬一棵白樺樹離去，/攀著黑色樹枝沿雪白的樹干上天。/直到那棵樹沒法再承受我的體重，/低下頭把我重新送回地面。/那應該是不錯的離去和歸來。」《白樺樹》這首詩直到最后才點破主題：現實固然醜陋，但不應該逃避；人們可以做短暫的休息以振奮精神，重新回到世界中來體驗人生、追求生活的真諦。

從弗羅斯特的許多詩歌中可以看出他對人生的哲學態度，弗羅斯特把自己複雜而深切的感受、強烈而深沉的感情置入這些詩中，使人讀起來親切自然，真實可信，易於引起讀者共鳴，也使他的作品閃耀出獨特的光輝。

三、面對自然，愛恨交織

弗羅斯特借對自然景物的描寫表現出自然的冷漠、殘暴，人類的渺小以及自己對自然的熱愛和憎恨。眾所周知，弗羅斯特的詩歌充滿了自然界的種種景象。在他的作品中我們可以看到他註視著白樺樹，或者一個人在雪夜駐足林畔，或者在摘蘋果，或者在傾聽鳥鳴。但是如果僅僅將他視作一個歌頌自然的詩人，那就是歪曲了他的詩意，他絕不是一個自然的崇拜者。張皇失措，甚至畏懼自然是他作品的主調。弗羅斯特將自己置身於大自然之中，左顧右盼，惶惶不安，這完全與弗羅斯特關於自然的認識有關。

從現實生活看來，弗羅斯特認為自然對人是冷漠、不關心的。詩歌《一個老人的冬夜》（「*AN OLD MAN'S WINTER NIGHT*」）就體現了這樣的思想。

透過凝在空屋窗格上的薄霜，
透過一片片幾乎呈星形的凝霜，
屋外的一切都陰險地朝他窺視。
阻止他的目光朝外回看的
是他手中那盞朝眼睛傾斜的燈。
他記不得是什麼把他引進那空房間，
而阻止他記憶的是他的年齡。
他站在一些木桶間──茫然困惑。
他的腳步聲剛驚嚇過腳下的地窖，
當他咯噔咯噔出來時又把它嚇了
一跳──而且還驚嚇了屋外的夜，
夜有它的聲音，很熟悉，很平常，
像林濤呼嘯樹枝斷裂的聲音，
但最像是猛敲一個木箱的聲音。
他是盞只能照亮他自己的燈，那個
此時已坐下、與他所知有關的自己，
一盞靜靜的燈，然后連燈也不是。
他把屋頂的積雪和牆頭的冰柱
托付給月亮保管，雖然那是一輪
升起得太晚而且殘缺不全的月亮，
但說到保管積雪和冰柱，它
無論如何也比太陽更能勝任；
然后他睡了。火爐裡的木柴挪動
了一下位置，驚得他也動了一動，
緩和了他沉重的呼吸，但他仍沉睡。
一個年邁的男人不能照料一所房子、
一座農場、一片鄉村，即使他能，
也不過像他在一個冬夜裡之所為。（普瓦里耶，理查森 145-146）

　　該詩中大自然對一位孤苦伶仃、無所依靠的老人是否會伸出援助之手呢？絕對不會，相反「屋外的一切都陰險地朝他窺視」，自然界無視老人的存在。這與美國自然主義作家斯蒂芬·克萊恩的《一個人對宇宙說》同樣都表現了自然的冷漠，自然對人類是不負任何責任的。弗羅斯特受到自然主義的影響，在人與自然的關係上反應了他的自然主義觀點。自然主義是悲觀的現實主義，

是對工業社會中人們感到孤獨、人際關係疏遠、社會不負責任、不考慮人的存在與意願的抗議與批判。在《星星》(「STARS」) 一詩中，詩人寫道：

> 不計其數，聚集在夜空，
> 在騷動的雪野之上，
> 在凛凛寒風呼嘯的時候，
> 雪流動，以樹的形狀——
>
> 仿佛關注著我們的命運，
> 擔心我們會偶然失足
> 於一片白色的安息之地，
> 天亮后難覺察之處——
>
> 然而既無愛心也無仇恨，
> 星星就像彌涅瓦雕像
> 那些雪白的大理石眼睛，
> 有眼無珠，張目亦盲。(普瓦里耶，理查森 23-24)

　　該詩最后一節闡明主題：「然而既無愛心也無仇恨，/星星就像彌涅瓦雕像，/那些雪白的大理石眼睛，/有眼無珠，張目亦盲。」星星和神祇清高、冷淡，有眼無珠，對人類的存在漠不關心，對人類的需求與喜怒哀樂無動於衷，既不會為你表示悲痛也不會向你表示安慰。

　　在弗羅斯特的筆下，自然界對人類無語言可以交流。在人類盡力去發現一些事物的真諦時，它總是閉口不說。有時當人類幾乎接近真理時，它總會使出某種力量來阻礙人類去發現它，不擇手段地打亂人類的認識過程。在《望不遠也看不深》(「NEITHER OUT FAR NOR IN DEEP」) 中，我們讀到的是人類探索自然的努力是多麼的無可奈何。

> 人們沿沙灘而立，
> 都轉身看一個方向。
> 他們背朝著陸地，
> 整天凝視著海洋。
>
> 若有船在天邊出現，
> 總是慢慢露出船頭；
> 鏡子般水汪汪的沙灘
> 映出停滯的海鷗。

或許陸地更富於變幻；
但不論真理在何方——
海水依然湧向海岸，
人們依然凝視海洋。

他們沒法望得很遠。
他們沒法看得很深。
但何曾有什麼障礙
遮擋過他們的眼睛？（普瓦里耶，理查森 381-382）

該詩中人們一排排地躺在海灘上整日凝視海洋：「他們沒法望得很遠。/他們沒法看得很深。/但何曾有什麼障礙/遮擋過他們的眼睛？」人們持續不斷地遠眺，想要知道海洋的真諦，但什麼都未曾發現，見到的僅是自然界的冷漠無情。在《見過一回，那也算幸運》（「FOR ONCE, THEN, SOMETHING」）一詩中，弗羅斯特描述了他俯在井欄上往下探望的經歷。

其他人老嘲笑我跪在井欄邊時
總是弄錯光的方向，所以從未
見過井的深處，只是看見陽光
照耀的水面映出我自己的影像，
那上帝般的影像在夏日的天空
從一圈蕨草和雲團中朝外張望。
有一回，試著將下巴貼著井欄，
我如願以償地越過透過那影像
看見了一個不確定的白色物體，
某種比深還深的東西——但它
轉瞬即逝。水開始制止太清澈
的水。蕨草上滴下一滴水，瞧，
一陣漣漪模糊了井底的白東西
並將它抹去。它是什麼？真理？
水晶？見過一回，那也算幸運。（普瓦里耶，理查森 292）

弗羅斯特認為井的真諦一定存在井底之中。每次他想透過水面看清井底，每次見到的卻僅是「我自己的影像」。然而有一次，他能夠透過水面，「看見了一個不確定的白色物體」，也許是井的真諦時，一滴露水從葉子上掉到井裡，激起漣漪，井底變得模糊不清，使他的努力前功盡棄。人類探索自然的努

力不受自然界歡迎。自然界會阻止人去探窺其真相，因此在弗羅斯特看來，人類生活在一個無法令人知曉的世界裡，儘管渴望用某些方法與之交流，但自然界不會輕易顯示其廬山真面目。

弗羅斯特還認為自然是黑暗、可怕、對人類充滿敵意的。請看《荒野》（「DESERT PLACES」）的最後一節：

> 人們要嚇唬我不能用蒼茫太空——
> 無人類居住的星球之間的太空。
> 我能用自己的荒野來嚇唬自己，
> 這片荒野離我家近在咫尺之中。（普瓦里耶，理查森 376）

天上、人間、詩人的家鄉使他感到恐懼，但仍未失去勇氣和信心。十四行詩《意志》（「DESIGN」）被認為是一首恐怖詩。前八行裡寫道：

> 我發現只胖得起膚的白色蜘蛛
> 在白色萬靈草上逮住一只飛蛾，
> 一只宛如僵硬的白絲緞的飛蛾——
> 與死亡和枯萎相稱相配的特徵
> 混合在一起正好準備迎接清晨，
> 就像一個女巫湯鍋裡加的配料——
> 蜘蛛像雪花蓮，小花兒像浮沫，
> 飛蛾垂死的翅膀則像一紙風箏。（普瓦里耶，理查森 382-383）

看似胖娃娃般無邪的蜘蛛在黑夜裡布網殺了一只飛蛾，造成了死亡與毀滅。在下面的四行詩裡詩人提出了幾個問題：

> 是什麼使那朵小花兒枯萎變白，
> 還有路邊那無辜的藍色萬靈草？
> 是什麼把白蜘蛛引到萬靈草上，
> 然后又在夜裡把白蛾引到那兒？（普瓦里耶，理查森 383）

最后兩行：

> 除邪惡可怕的意志外會是什麼？
> 沒想到意志連這般小事也支配。（普瓦里耶，理查森 383）

弗羅斯特認為自然是可怕的、危險的、充滿了陰謀與殺機。詩人無法測知它的意圖和行為，但明白人類的命運像蜘蛛和飛蛾一樣也被它支配著。

在弗羅斯特看來，自然界的春夏秋冬周而復始也是帶有破壞性的。詩人認

為世上沒有永恆的不變的事物，只有重複。曾經盛開的花朵會凋謝，曾經茂密的葉子會掉落，曾經強壯的人們會死亡。任何事物都會消亡。人類，如同自然界的生死鏈，人類的歷史如同自然界的春夏秋冬，會達到夏天成熟的頂峰，也會陷入冬天的死亡。自然界在本身的演變中毫不留情地將所有的東西扔出它的發展軌道，也包含人類。弗羅斯特認為這是自然界的特性。短詩《在闊葉林中》（「*IN HARDWOOD GROVES*」）表達了他的這種感悟。

>片片相同的枯葉一層復一層！
>它們向下飄落從頭頂的濃陰，
>為大地披上一件褪色的金衣，
>就像皮革制就那樣完全合身。
>
>在新葉又攀上那些枝椏之前，
>在綠葉又遮蔽那些樹干之前，
>枯葉得飄落，飄過土中籽實，
>枯葉得飄落，落進腐朽黑暗。
>
>腐葉定將被花籽的萌芽頂穿，
>腐葉定將被埋在花的根下面。
>雖然這事發生在另一個世界，
>但我知人類世界也如此這般。（普瓦里耶，理查森 44）

弗羅斯特對季節、天氣的變化觀察入微，他發現自然在不斷地變化，因此他特別注意這各種變動與人的關係。他認為自然的規律在一定程度上反應了人生與社會的規律。「弗羅斯特對自然體現的人的真實性有興趣，而這種真實不必是超驗的。」（Manorama Trikha）《金子般的光陰永不停留》（「*NOTHING GOLD CAN STAY*」）說的是春天的嫩芽是金黃色的，但這種顏色最難持久，嫩葉是朵花，但顯現只是一瞬間，然后就退化為葉子，失去當初的美麗。伊甸園也會墮落陷入痛苦，黎明讓位給白晝，因此沒有金黃色能長留。

>大自然的新綠珍貴如金，
>可金子般的色澤難以保存。
>初綻的新芽婉若嬌花，
>但花開花謝只在一剎那。
>隨之嫩芽便長成綠葉，
>樂園也陷入悲涼淒惻。
>清晨轉眼就變成白晝，

金子般的光陰永不停留。(普瓦里耶,理查森 289)

　　這首詩的語言比喻都很簡單,但寓意很深刻,強調一個「變」字。一切都不是靜止不變的,美只是一瞬間,不能長留。黎明要走向黑夜,人要從幼稚走向成熟進而走向死亡。伊甸園被認為是最完美的,但也會墮落、痛苦。詩人在這首詩裡強調事物從成熟到墜落這一過程。弗羅斯特寫春天和夏天的詩不多,有人統計過他全部詩作中有三分之一是寫秋天和冬天的。他用秋冬、夜幕降臨、下雪、葉落、蘋果落地等暗示事物和人不可避免地從衰落走向死亡,以此表現人的命運。

　　儘管弗羅斯特認為自然對人是冷漠的,無視人的存在,自然不斷變化,萬物都會衰退、死亡,儘管自然危險、可怕,但他並沒有對自然失去信心。正如評論家克林斯·布魯斯所說:「弗羅斯特承認自然對人漠不關心,但這並未使他失望。他認為人生並不是沒有意義的。」(Earl J. Wilcox) 他在詩中寫道:「我們相信/一切我們所做、所試/一切我們所珍愛的/都產生意義。」(Helen Vendler) 他認為人生的道德價值在於行動,在於竭盡全力,他說過:「竭盡全力是保留的同義詞。通過身體力行去抵抗向下的拉力,抵抗昏睡、衰敗、死亡,他的德性便成了對下落的精神與物質的抵抗。」(Earl J. Wilcox)《摘蘋果之後》(「AFTER APPLE-PICKING」) 寫摘完蘋果使詩人腳板酸痛、困倦欲睡,但艱苦的勞動使他產生豐收的喜悅,有了甜蜜的夢。

> 我高高的雙角梯穿過一棵樹
> 靜靜地伸向天空,
> 一只沒裝滿的木桶
> 在梯子旁邊,或許有兩三個
> 沒摘到的蘋果還留在枝頭。
> 但我現在已經干完了這活。
> 冬日睡眠的精華彌漫在夜空,
> 蘋果的氣味使我昏昏欲睡。
> 抹不去眼前那幅奇特的景象:
> 今晨我從水槽揭起一層薄冰
> 舉到眼前對著枯草的世界
> 透過玻璃般的冰我見過那景象。
> 冰化了,我讓它墜地摔碎
> 但在它墜地之前

我早已在睡眠之中，
而且我能說出，
我就要進入什麼樣的夢境。
被放大了的蘋果忽現忽隱，
其柄端、萼端
和每片銹斑都清晰可辨。
我拱起的腳背不僅還在疼痛，
而且還在承受梯子橫檔的頂壓。
我會感到梯子隨壓彎的樹枝晃動。
我會繼續聽到從地窖傳來
一堆堆蘋果滾進去的
轟隆隆的聲音。
因為我已經採摘了太多的
蘋果，我已非常厭倦
我曾期望的豐收。
成千上萬的蘋果需要伸手去摘，
需要輕輕拿，輕輕放，不能掉地。
因為所有
掉在地上的蘋果
即使沒碰壞，也未被殘茬戳傷，
也都得送去榨果汁兒，
仿佛一錢不值。
誰都能看出什麼會來打擾我睡覺，
不管這是什麼樣的睡覺。
要是土撥鼠還沒有離去，
聽到我描述這睡覺的過程，
它就能說出這到底像它的冬眠
還只是像某些人的睡眠。（普瓦里耶，理查森 95-97）

  詩的頭兩行「我高高的雙角梯穿過一棵樹／靜靜地伸向天空」有志向高遠、追求美好理想的意思，同時也有把地上的蘋果與伊甸園的知識之果聯繫起來的意思。《請進》（「*COME IN*」）一詩中也有表示追求崇高理想的喻義。

  當我走近樹林邊的時候，

忽然聽見畫眉一陣啼鳴，
若說當時林外正值黃昏，
那林中早已是幽幽冥冥。

樹林裡太黑，漆黑一團，
鳥兒即便有靈巧的翅膀
也沒法為過夜另擇高枝，
不過它還能夠繼續歌唱。

那片在西天消散的晚霞，
那抹在西天隱去的夕暉，
依然輝映在畫眉的心中，
使得它還能夠哀吟一曲。

在黑咕隆咚的密林深處，
那畫眉的歌聲依然悠揚，
歌聲彷彿是在叫我進去，
進入黑暗和它一道悲傷。

但不，我是出來看星星；
我並沒想到要進入樹林。
我是說即便請我也不進，
何況我從沒有受到邀請。（普瓦里耶，理查森 419-420）

　　詩人把樹林喻為黑暗危險之地，他信步來到樹林邊聽見畫眉鳥婉轉地歌唱，引誘他進去，但詩人說：「但不，我是出來看星星；/我並沒有想到要進入樹林。」弗羅斯特認為人是有精神的，人是自然之子。「人雖然軟弱，但他同上帝同一造型，介乎精神和物質世界的邊緣，他駕馭著自然創造……」（Earl J. Wilcox）。而且他在一些詩歌如《進入自我》（「INTO MY OWN」）中明確宣稱對大自然的眷戀和熱愛。

我的心願之一是那黑沉沉的樹林，
那古樸蒼勁，柔風難吹進的樹林，
並不僅僅是看上去的幽暗的偽裝，
而應伸展延續，直至地老天荒。

我不該被抑制了，而在某一天
我該悄悄溜走，溜進那茫茫林間，
任何時候都不怕看見空地廣袤，

或是緩緩車輪灑下沙粒的大道。

　　我看不出有何理由要回頭返程，
　　也不知那些此刻還惦念我的友人，
　　那些想知我是否記得他們的朋友，
　　為何不沿我足跡動身，把我趕上。

　　他們將發現我沒變，我還是自己——
　　只是更堅信我思索的一切是真理。（普瓦里耶，理查森 18）

大自然的花木鳥蟲使詩人忘掉了令人不快的現實、寒冷的冬季、內心的憂傷和痛苦。在《致春風》（「*TO THE THAWING WIND*」）中，詩人歌頌使萬物復甦、給大自然帶來勃勃生機的春天和春風。

　　攜雨一道來吧，喧囂的西南風！
　　帶來唱歌的鳥，送來築巢的蜂，
　　為枯死的花兒帶來春夢一場，
　　讓路邊凍硬的雪堆融化流淌，
　　從白雪下面找回褐色的土地；
　　但不管今夜你要做什麼事，
　　都得來衝我的窗戶，讓它流動，
　　讓它像冰解雪化一般地消融；
　　融化掉玻璃，只留下窗框，
　　使它像隱居教士的十字架一樣；
　　然后衝進我狹窄的房間，
　　讓牆頭的圖畫隨你旋轉；
　　吹開嘩嘩書頁，
　　讓詩篇散落在地板
　　再把這詩人趕到外面。（普瓦里耶，理查森 26）

　　總之，弗羅斯特對自然的態度可以說是極為複雜和矛盾的。他對自然以及人與自然的關係極感興趣，自然貌似人類的解說者和仲裁人，是其行為活動的中心。在弗羅斯特的詩性自然世界裡，我們能發現安寧和次序，亦能發現喧鬧與混沌。一方面，他為自然的原始美和強大有力所沉醉；另一方面，他對自然的毀滅性、冷漠、黑暗和變化無常有所畏懼。正如勞倫斯‧湯普森說：「弗羅斯特是思想上的二元論、願望上的一元論者。人與自然的和諧是深奧而未實現的願望。」（Manorama Trikha）

　　綜上所述，弗羅斯特的自然詩歌，蘊含著濃厚的鄉土氣息，新英格蘭鄉村

故土是他詩歌靈感的源泉，這種別具一格的題材選擇，賦予他的詩歌以無窮無盡的魅力。雖然他的詩歌大多數以生活中的具體小場景為內容，但它揭示的主題往往具有普遍意義，於平淡無奇中蘊含著深刻的哲理。他的詩歌看似在描述美麗的自然，實則蘊涵哲理，深邃雋永。讀弗羅斯特的詩歌，不僅能讓人欣賞詩人所描繪的自然美景，感受田園生活的樂趣，遠離喧囂嘈雜的工業社會帶給人們心靈上的壓抑、困惑和不安，而且還留有思考的余地，讓人更加冷靜、更加清楚地觀察社會，因此弗羅斯特的詩是頗有深度的。弗羅斯特用簡樸的語言把他對於社會、人生的見解融於他所描寫的自然景物之中。那些看似平淡無奇的景物經過弗羅斯特的生花妙筆往往把讀者引入哲學的深思，給人一種質樸無華而富有哲理的美感。同時，細心的讀者會發現詩人自己對人生的感悟以及對自然的愛憎之情也通過他對自然景物的描寫躍然紙上。這一切使得他的詩歌似一幅幅素淨的水墨畫，質樸無華，淡而有味。

第三節　弗羅斯特詩歌的哲學和詩學理論淵源

弗羅斯特的詩歌看似簡單，卻意蘊深厚，字裡行間閃耀著哲學思辨的光芒。他的詩歌受到過不同哲學和詩學理論流派的影響。「有關羅伯特·弗羅斯特詩歌的評論很多，我們知道有人稱他為：自然詩人、新英格蘭田園詩人、象徵主義者、人文主義者、懷疑主義者、提喻主義者、反柏拉圖者和其他。」（Warren, Robert Penn）弗羅斯特被給予了這麼多的頭銜也體現了他詩歌哲學和詩學理論源泉的複雜性。他的詩歌至少受到四種哲學和詩學理論流派的影響。本節從超驗主義、宗教信仰、古希臘羅馬經典文學、歐洲文學傳統四個方面探討弗羅斯特詩歌的哲學和詩學理論淵源，幫助讀者更好地理解弗羅斯特的詩歌。同時，也為在全球化語境下借鑑、整合不同文化，為己所用提供頗具意義的啟示。

一、超驗主義

超驗主義是19世紀30年代興起於美國新英格蘭的一個重要思潮，反對權威，強調直覺，主張人能超越感覺和理性，直接認識真理。愛默生是美國超驗主義的先驅，梭羅不僅是美國超驗主義理論的核心人物，也是超驗主義的踐行者。弗羅斯特從中瞭解和繼承了超驗主義關於宇宙、人類與自然的關係，人性的完善等知識。愛默生的散文和詩歌以及梭羅的《瓦爾登湖》曾被列為弗羅

斯特最喜歡的十本書。弗羅斯特喜歡愛默生的散文，但更喜歡愛默生的詩歌，從中汲取更多的營養。在《關於愛默生》中弗羅斯特把愛默生列為美國四大偉人（軍事家及政治家喬治・華盛頓、政治思想家托馬斯・杰斐遜、殉道者及拯救者亞伯拉罕・林肯以及詩人拉爾夫・沃爾多・愛默生）之一（普瓦里耶，理查森）弗羅斯特認為愛默生既是一位詩人也是一位哲學家，他說：「愛默生一直都被譽為詩人哲學家或哲學家詩人，而這兩者都是我最喜愛的。」（普瓦里耶，理查森）梭羅的《瓦爾登湖》對弗羅斯特的影響也很深遠，他曾說（《瓦爾登湖》）「對我的成功有著很大的關聯」，后來又聲稱《瓦爾登湖》「超越了美國迄今為止的一切事物」（Poirier, Richard & Mark Richardson）。

弗羅斯特還受到愛默生關於個人主義和自立教義的影響，繼續追尋自我，但卻有著自己獨到的見解。愛默生的教義「宇宙就是一個圓，圓心就是上帝」可以在弗羅斯特的許多詩歌裡追溯到，如詩歌《竈頭鳥》（「THE OVEN BIRD」）製造了一種神祕的、重複的圓，圓上的每一點既是起點又是終點。

  有一位人人都聽過其歌聲的歌手，
  它愛在仲夏時的樹林中亮開歌喉，
  讓高大結實的樹干又發出回聲。
  它說樹葉已蒼老，它說對於花，
  若春天開放十成花仲夏只開一成。
  它說當大晴天裡不時來一陣陰天，
  當梨花櫻桃花在陣陣雨中落下，
  最初的花飄落時節就已經過完；
  然后被叫做飄落的另一個秋天將至。
  它說那時路上的塵土將遮天蔽日。
  若非它懂得不在百鳥啼鳴時歌唱，
  它也許早就息聲，像其他鳥一樣。
  它那個並非用字眼提出的問題
  便是該如何去利用事物的衰替。（普瓦里耶，理查森 160）

無論從詩學或哲學的角度看，弗羅斯特對圓的理解與愛默生還是有所不同的。弗羅斯特不滿「愛默生對待不忠行為的寬容態度」，認為「愛默生對待邪惡也許太柏拉圖式了」（普瓦里耶，理查森）。愛默生在被弗羅斯特稱為西方世界最優秀的那首詩中說：「單元和宇宙一片渾圓。」「據此可以寫出另一首詩，其大意是在理想中那是一個圓，但實際上那個圓成了橢圓。作為圓，它有一個中心——善。作為橢圓它卻有兩個中心——善與惡。因此一元論和二元論相對。」（普瓦里耶，理查森）愛默生是一位一元論者，弗羅斯特是一位二元論

者。兩人在善與惡的哲學概念上有所區別。「弗羅斯特是一位愛默生似的人物……」（Waggoner, Hyatt H）由於弗羅斯特對愛默生傳統的繼承和貢獻，弗羅斯特於 1939 年獲得了哈佛大學的愛默生基金，1958 年獲得了美國藝術和科學研究院授予的「愛默生—梭羅獎章」。

二、宗教信仰

　　弗羅斯特宗教思想起源於斯維登堡新教會，基督教新教中信奉瑞典斯維登堡學說的派別。該教會認為人的靈魂得救要靠靈性生活和道德生活，要靠上帝的恩寵和個人的努力。斯維登堡「吁請我們通過豐富的生活得到拯救；通過正義，通過美德，也通過智慧得到拯救」（博爾赫斯）。弗羅斯特的母親是虔誠的教徒，讓弗羅斯特很早體驗到了宗教信仰。在弗羅斯特還只有三四歲的時候，他就從他母親那裡接受宗教指示，母親總是給他讀《聖經》裡的故事，帶他參加斯維登堡新教信徒教堂學校。他的母親伊莎貝爾‧穆蒂「天生就是一個信徒，迷上了基督教神祕的方面」（Parini, Jay）。他的父親精力充沛、衝動、富有冒險精神，母親文靜、優柔寡斷、小心謹慎，性格方面的不同使他們相處得不是十分融洽。母親越來越喜歡參加斯維登堡新教信徒教堂活動，從與其他斯維登堡新教信徒兄弟姐妹在一起的交談中得到安慰。弗羅斯特並不讚同母親斯維登堡新教信徒信仰，有時把她的宗教預言當作有點不正常。他后來曾對他的不敬表示歉意說：「我看到我母親的虔誠，認為那是美妙的。」（Thompson, Lawrance）隨著年齡的增長，弗羅斯特對生活感到日益迷惘，認為他不能依靠對人類命運和自然的理性闡釋，認為這些努力不足以滿足他對人類存在意義的理性探索。這個世界肯定有某種東西，無法闡釋，必須由上帝去做最后的評判和解釋。上帝知道宇宙的所有秘密，正如在詩歌《再見並注意保冷》（「GOOD-BY AND KEEP COLD」）中所說的「有些事你不得不留給上帝」。

> 在天就要黑盡時這麼說一聲再見
> 朝一片如此幼小的果林襲來的嚴寒
> 都使我想到這遠在農場盡頭的果林，
> 這片被一座小山與農舍隔開的果林
> 在整整一個冬季裡可能受到的傷害。
> 我不希望野兔和老鼠來剝它的樹皮，
> 我不希望有松雞來啄食它的嫩芽。
> （若非我知道這肯定是徒勞的話，
> 我會把松雞、野兔和鹿招到石牆邊，

用木棍當槍警告它們都滾遠點。)
　　我不希望陽光的熱度驚擾它的冬眠。
　　(我希望憑著把它安置在小山北坡,
　　我們已使它能安全地躲過這種災禍。)
　　任何果園都可以不怕嚴冬的風暴,
　　只要它當心一件事:別讓體溫升高。
　　「你已被叮嚀過多少遍,幼小的果林,
　　超過五十度比低於五十度更危險,
　　千萬注意保冷。再見吧,注意保冷。」
　　大概這整個冬季我都不得不離去。
　　我眼下的活兒是去料理其他的樹,
　　還有那些只須用斧子去料理的樹——
　　如北美落葉松、楓樹和白樺樹。
　　我真希望能保證在夜裡躺下之時
　　能想到一座果園處於困苦的境地,
　　尤其當(沒有人提著燈去看它)
　　它心若死灰仿佛已被埋進了墳墓。
　　但世間有些事你不得不留給上帝。(普瓦里耶,理查森 295-296)

在詩歌《懼怕上帝》(「THE FEAR OF GOD」)中,弗羅斯特寫道:

　　若是你竟然從低處升到高處,
　　若是你居然從白丁變成要人,
　　你千萬要對自己不斷地重複
　　你把這都歸功於任性的上帝,
　　雖他給你而非給別人的恩惠
　　經不起過分吹毛求疵的檢驗。
　　保持謙恭。若你因未被允許
　　穿上符合你身分的那套制服
　　而打算用順從的表情或聲調
　　對這一不足之處進行番彌補,
　　那你千萬得當心別過分外露,
　　別把遮掩你靈魂的那道幕簾
　　當成包裹你肉體的那身衣服。(普瓦里耶,理查森 481)

從該詩中可以看出詩人對上帝的敬畏。由於受到母親的耳濡目染,弗羅斯

特對《聖經》和基督教的歷史非常熟悉。弗羅斯特寫了許多宗教詩。「弗羅斯特的幾首敘事和戲劇性詩歌像《山》在宗教信仰方面有著隱蔽的微妙的根源。」(Watkins, Floyd C) 作為一個哲學上的二元論者，弗羅斯特拒絕把他的宗教信仰歸類，而是像詩人和其他藝術家一樣，把宗教深奧的知識當成一種工具，給他提供瞭解宇宙、人類內心世界、人類與自然微妙關係的力量和勇氣。

三、古希臘羅馬經典文學

弗羅斯特崇拜古希臘羅馬經典文學，他沉浸於古希臘羅馬輝煌的文學傳統中。在勞倫斯中學時，每個學生必須在基礎傳統課程和基礎通識課程中做出選擇。弗羅斯特選擇了傳統課程，不僅學習古希臘語、拉丁語等多門古典語言，而且還學習希臘和羅馬歷史。弗羅斯特閱讀了維吉爾、荷馬、賀拉斯等許多古典作家的經典著作，是全班同學中學習成績最好的學生。弗羅斯特的拉丁語成績尤為突出。他把幾乎所有的業餘時間都用來學習拉丁語，並且著手翻譯了古羅馬政治家、演說家、哲學家西塞羅（Cicero，公元前 106—公元前 43 年）、古羅馬歷史學家塔西佗（Tacitus, 56—120 年）、古羅馬詩人維吉爾（Virgil，公元前 70—公元前 19 年）和奧維德（Ovid，公元前 43—17 年）等人的作品。后來在達特茅斯學院、哈佛大學他都主修過希臘羅馬經典文學，尤其是在哈佛大學一年多的學術生涯裡他在希臘語和拉丁語詩歌方面的熱愛與投入夯實了他成為一名傑出詩人的哲學和詩學基礎。在他早期發表的詩集如《少年的心願》(*A Boy's Will*)、《波士頓以北》(*North of Boston*) 中，「弗羅斯特激發了西方詩學最古老的慣例，就像他的希臘羅馬先輩在作品中所激發的一樣」(Faggen, Frost)。

四、歐洲文學傳統

弗羅斯特受到了歐洲文學傳統的影響，他在英國的那段時間正是詩歌運動在英國蓬勃發展的時候，在此期間，他結識了葉芝、龐德等一批偉大的詩人。弗羅斯特認為葉芝是當代最偉大的詩人，葉芝強調在詩歌創作中謳歌普通人與使用日常用語的主張與弗羅斯特堅持把新英格蘭人口語中的「句子聲音」寫進詩歌的思想不謀而合。《英詩金庫》這本詩集幫助弗羅斯特認識了英國抒情詩的創作風格和傳統思想，弗羅斯特對它愛不釋手，他尤其喜歡英國浪漫主義詩人華茲華斯、雪萊、柯勒律治和濟茲。弗羅斯特承認他的詩歌和過去的詩歌有著密切的聯繫，不僅是和古希臘羅馬文化有著關聯，也和英國浪漫主義有著

關聯。英國浪漫主義代表華茲華斯等湖畔派詩人崇尚感性和直覺，反對理性至上，熱愛自然，試圖重建被工業社會破壞的傳統美德，找回失去的精神家園。大自然被視為具有非凡靈性與上帝恩典的結合體，蘊含著宇宙精神和永恆的真理。他們以清新、樸實、自然的語言開創了獨樹一幟的詩歌時代，創作了許多以自然與人生關係為主題的詩歌。這對弗羅斯特的詩歌創作也有一定的影響，在他的許多詩歌中都有體現。《紅朱蘭》（「ROSE POGONIAS」）：

    一片浸透水的草地，
    小如寶石，形如太陽，
    一片圓形的草地，
    不比周圍的樹林寬敞；
    那兒吹不進一絲風，
    那兒的花芬芳馥鬱，
    那兒的空氣不流動——
    一座供奉熱的廟宇。

    我們曾在炎熱中俯身，
    那是太陽應得的禮拜，
    俯身採擷千朵朱蘭，
    誰也不會對它們不理睬；
    因為那兒蘭草雖稀疏，
    但每一片梗葉的葉尖
    似乎都長有紅色的翼瓣，
    把周圍染成通紅一片。

    在離開那地方之前，
    我們作了番簡短的祈禱，
    願每年割草的季節，
    那地方能被人忘掉；
    若得不到長久的恩寵，
    也望博得一時的歡心，
    當花與草分不清的時候，
    願人人都能刀下留情。（普瓦里耶，理查森 28）

《黃昏漫步》（「A LATE WALK」）：

    我漫步穿越收割后的草場，
    但見草茬生發的新草

>　　像帶露的茅屋頂光滑平整，
>　　半掩著通往花園的小道。
>
>　　當我漫步走進那座花園，
>　　忽聽一陣淒清的鳥鳴
>　　從纏結的枯草叢中傳出，
>　　比任何聲音都哀婉動人。
>
>　　一株光禿的老樹獨立牆邊，
>　　樹上只剩下一片枯葉，
>　　孤葉準是被我的沉思驚擾，
>　　蕩蕩悠悠向下飄跌。
>
>　　我沒走多遠便止住腳步，
>　　從正在凋謝的紫花翠菊
>　　採下一朵藍色的小花，
>　　要再次把花奉獻給你。（普瓦里耶，理查森 22）

《相逢又分離》（「MEETING AND PASSING」）：

>　　在我順著那道石牆下山的途中
>　　有一道柵門，我曾倚門看景致，
>　　剛要離開時我第一次看見你。
>　　當時你正走上山來。我倆相逢。
>　　但那天我們只是在夏日塵埃中
>　　結合了我們倆大小不同的足跡，
>　　像把我們的存在描成了大於一
>　　但小於二的數字。你的傘一捅
>　　就標出了那個深深的小數點。
>　　我們交談時你似乎一直在偷瞧
>　　塵土中的什麼並對它露出笑臉。
>　　（哦，那對我並沒有什麼不好！）
>　　后來我走過了你上山時走過的路，
>　　而你也走過了我下山時走過的路。（普瓦里耶，理查森 159）

《尋找紫邊蘭》（「THE QUEST OF THE PURPLE-FRINGED」）：

>　　我已感覺到腳下草地的寒氣，
>　　頭上卻是紅日當空；

而描述這般景象的短歌小詩
便是我的低唱高咏。

我循一條綿延數英里的路線
繞那座檟樹林尋覓。
那天該是各種蘭花吐豔之時,
我卻不見任何蹤跡。

但在鐮刀割倒高高的草之前
我依然繼續前行;
直到我看見那條小徑,那條
狐狸出沒的小徑。

於是我尾隨狐狸並終於發現——
恰好就在那一刹那
當色彩正顯於花瓣,它定是——
我遠道來尋的蘭花。

紫葉片亭亭玉立,在檟樹下,
在那漫長的一天裡,
既無輕風也沒有莽撞的蜜蜂
來搖動它們完美的姿勢。

我只是跪下來拂開檟木樹枝
觀賞它們,或至多
數數它們在矮林深處的花蕾,
白得像幽靈的花蕾。

然后我起身靜靜地漫步回家,
路上我自言自語
秋天就要到來,樹葉會飄零,
因為夏天已過去。(普瓦里耶,理查森 430)

  以上這些詩歌都反應了詩人豐富的浪漫主義文化傳統。如果我們能夠意識到弗羅斯特詩歌與浪漫主義傳統之間的內在關係,我們就能通過把詞語放入浪漫主義語境,豐富詞語的意義,擺脫意義的複雜性——含混、無序、模棱兩可、不確定和多樣性。「弗羅斯特的許多詩歌,包括家喻戶曉的和不太為人所知的,都展開了更多的意義。」(D'Avanzo Mario) 許多意象,如水、樹、河流、小溪、山、樹葉、花、牧場和雲都清楚地表明他對浪漫主義前輩關於主題、詩

學觀點的接受或背離。

　　總之，弗羅斯特詩歌的哲學和詩學理論淵源是多元的。從宗教到科學，從詩學到哲學，他繼承了大量的傳統理論。除了受到超驗主義、宗教信仰、古希臘羅馬經典文學、歐洲文學傳統的影響，弗羅斯特也受到過其他詩人、哲學家的影響，如他讚美艾米莉·狄金森為「最佳女性詩人」。他大量閱讀了狄金森的詩歌，他的早期作品《我的蝴蝶》（「MY BUTTERFLY」）就受到過狄金森的影響。

　　　　　你狂戀過的花兒如今也都凋謝，
　　　　　那經常恐嚇你的襲擊太陽的瘋子
　　　　　如今也逃走，或者死去；
　　　　　除我之外
　　　　　(如今這對你也不是悲哀！)
　　　　　除我之外
　　　　　原野上沒人留下來把你哀悼。

　　　　　灰色的草上才剛剛灑落有雪花，
　　　　　兩岸還沒有堵住河水流淌，
　　　　　但那是很久以前——
　　　　　仿佛已過了很久——
　　　　　自從我第一次看見你掠過，
　　　　　和你那些色彩豔麗的夥伴，
　　　　　輕盈地飛舞嬉戲，
　　　　　輕率地相親相戀，
　　　　　追逐，盤旋，上下翻飛，
　　　　　像仙女舞中一個軟軟的玫瑰花環。

　　　　　那時候我惆悵的薄霧
　　　　　還沒有籠罩這整片原野，
　　　　　我知道我為你高興，
　　　　　也為我自己高興。

　　　　　當時高高翻飛的你並不知道
　　　　　命運創造你是為了取悅於風，
　　　　　用你無憂無慮的寬大翅膀，
　　　　　而且我那時候也不知道。

　　　　　還有一些別的情況：

似乎上帝曾讓你飛離他輕握的手,
接著又擔心你飛得太遠,
飛到他伸手不及的地方,
所以又過於熱切地一把將你抓走。

啊！我記得
與我作對的陰謀
曾如何充滿我的生活——
生活的柔情，夢一般的柔情；
波動的芳草攪亂我的思緒,
微風吹來三種香氣,
一朵寶石花在嫩枝上搖曳！

后來當我心煩意亂時,
當我不能說話時,
魯莽的西風從側面吹來,
把什麼東西猛然拋在我臉上——
那竟然是你沾滿塵土的翅膀！

今天我發現那翅膀已破碎！
因為你已死去，我說,
不相識的鳥也這麼說。
我發現破碎的翅膀和枯葉一道
散落在屋檐下面。（普瓦里耶，理查森47）

　　蒙特埃羅在其專著《羅伯特·弗羅斯特與新英格蘭文藝復興》一書中說：「最終讓弗羅斯特寫出這首詩的因素是弗羅斯特讀了艾米莉·狄金森幾首描寫蝴蝶的詩歌。」（George Monteiro）此外進化論者達爾文、實用主義哲學家威廉·詹姆斯對弗羅斯特哲學思想的形成也產生了一定的影響。弗羅斯特涉獵甚廣，從不局限於理論的來源，其理論視野的廣泛性在當今全球化文化語境中極具現實意義。弗羅斯特採用批判的眼光，取其精華、棄其糟粕，形成了他簡單深邃的詩歌風格，成為美國詩壇的一顆璀璨明星，受到了世界讀者的好評。

第二章　生態批評視閾下的弗羅斯特詩歌

　　后現代主義時期的文學研究處於不斷變化之中。生態批評從外圍走向中心，成為文學研究中的熱點。生態批評正在經歷一個「重讀傳統文本—重審傳統文學—理論建設」的新階段。生態學發展到今天，已經實現了從淺層生態學到深層生態學的轉變。深層生態學把人置於整個生態系統之中，承認人類與其他物種或物體如河、岩石、雲的區別，但並不認為人類比它們更好或更具有價值。20世紀80年代的生態危機，維護生態系統的完整和把土地視為是為人們所用的這兩種意識形態的衝突，使得我們對於從文學中領會出來的，重評對待自然的態度尤為重要。弗羅斯特也許是20世紀最受歡迎的詩人，更為值得研究。然而中國從生態批評尤其是深層生態學角度來研究弗羅斯特詩歌的人為數不多，本章致力於探討弗羅斯特詩歌中蘊含的深層生態意識及其深層生態意識的成因與價值，從而使人們理解保持人與自然、人與人、人與社會和諧關係的重要性以及如何實現人與自然、人與人、人與社會的和諧。這是該領域的一個探索性研究，能為文學作品的解讀提供一個新的有意義的思路，同時也能讓讀者對弗羅斯特和生態批評有一個更新更深的理解。

第一節　何為生態批評

　　生態批評是20世紀70年代興起在歐美的一種文學理論。1978年，美國學者威廉姆·魯克特（William Rueckert）發表題為《文學與生態學：一次生態批評實驗》的文章，首次使用「生態批評」（Ecocriticism）術語，倡導將文學與生態學結合起來，強調批評家要具有生態視野。但直到20世紀90年代，生

態批評才真正發展成為一種影響廣泛的思想潮流。1991 年，美國現代語言學會舉行題為「生態批評：文學研究的綠化」的研討會。1992 年，國際性的生態批評學術組織「文學與環境研究會」在內華達大學成立。1993 年，第一份生態批評研究雜誌《文學與環境跨學科研究》創刊。1996 年，第一本生態批評論文集《生態批評讀本》出版。

何為「生態批評」？仁者見仁，智者見智。有人認為，生態批評是用生態學的思想觀點來研究文學；也有人認為，生態批評是研究文學中的生態現象。在西方學術界，生態批評往往是「文學與自然環境關係研究」的同義語，是「以地球為中心」的文學研究方式。其代表人物是格羅費爾蒂和勞倫斯·布依爾。格羅費爾蒂，美國首位文學與環境教授，她為生態批評下的定義是：「對文學與物理環境之間關係的一種研究。」哈佛大學布依爾教授為生態批評下的定義是：「在一種獻身環境運動實踐精神指引下的對文學與環境關係的研究。」他們同時以文學和自然環境的關係為研究對象，站在地球生態的立場上來研究文學，探討人與自然的關係，創作更多的生態文學作品，喚起人們對生態環境的保護意識，從而建構一種更為合理的生態理念。如果為生態批評作一個大致界定，我們可以說，生態批評是指在生態主義，特別是生態有機整體論思想指導下，在分析文學現象的基礎上，通過對文學與自然以及文學與社會、文學與精神、文學與文化之間關係的深入探討，以助推現實世界人與自然、人與人、人自身的和諧發展的一種綜合批評方式。這個概念可以從五個方面來理解：首先，生態批評的指導思想是生態有機整體論。其次，生態批評的最終目標是實現人與自然、人與人、人自身的和諧發展。再次，生態批評的對象和範圍，不只是直接描寫自然景觀的作品，更不僅僅是「自然書寫」，而是包括文學與自然、文學與社會、文學與精神和文學與文化四大領域。第四，生態批評的主體是人與自然的關係。人類文化影響自然世界的同時也被自然界影響。生態批評的主要任務就是通過文學來重審人類文化，進行文化批判，探索人類思想、文化、社會發展模式如何影響甚至決定人類對自然的態度和行為，如何導致環境的惡化和生態的危機。生態批評就是要「歷史地揭示文化是如何影響地球生態的」。第五，生態批評研究的基礎是文學現象的熟悉瞭解和掌握，離開對文學本身特徵的瞭解和掌握，生態批評無法展開。生態批評是現代環保運動的結果，是人類對自身生存危機的文化反饋，也是文藝本身現實觀照的體現。作為一個開放的批判體系，它兼有文學批評和文化批評的雙重性質，並將文學和其他學科有機結合起來，從生物學、生態學、心理學、倫理學、文化學、人類學、美學、哲學等多種學科吸收營養，融化創造，形成一種跨學科的理論研究

模式。大致上可以說，生態批評是從文學批評角度進入生態問題的文藝理論批評方式，一方面要解決文學與自然環境深層關係問題，另一方面要關注文學藝術與社會生態、文化生態、精神生態的內在關聯。生態批評關注文本如何拒絕、展示或者激發人類熱愛生命的天性：集中在生命進程或者類似生命進程中的內在人類傾向，激發我們與非人類的自然世界聯繫的想像和情感。在宗教信仰帶來的安全感、現代性的焦慮、后現代的碎片和混亂之後，作家們開始探索人類歸屬世界的新途徑。因此，生態批評的一個重要驅動力就是定位、敞開並且討論這種表現在文學形式中的渴求。生態批評運用現代生態學觀點考察文學藝術與自然、社會以及人的精神狀態的關係，同時運用文學想像敘事手段透視生態文化，探索人在世界中的詩化生存狀態，思考人、自然、藝術與批評三者的關係——對人與自然徵服與報復關係的反思，對生態藝術批評的人文原則的確定，對現代主體中心問題和多元價值新構造的推演。

　　本書的理論基礎深層生態學是生態批評的一個重要組成部分，其概念是挪威哲學家阿倫・奈斯在1973年發表的一篇名為《淺層生態運動與深層、長遠的生態運動：一個概要》的論文中首次提出的。40多年來，由於生態環境問題的日益突出，深層生態學受到人們的普遍關注，它已成為西方環境哲學的一個重要流派，也是日益高漲的生態運動中不可忽視的一股重要社會思潮。深層生態學是當代西方一場聲勢浩大的社會思潮，代表著一種嶄新的「思想範式」，它在廣闊的視野上，把生態環境問題與種種社會問題聯繫起來，從不同的角度對生態環境問題的癥結進行了深刻剖析。深層生態學的自我實現原則和生態中心主義平等原則，是在現代思想的維度上，對人與自然關係的深刻反思，由此形成了獨具特色的理論風格。深層生態學把人類看作更大整體的一部分，認為人類的存在是由其與其他存在物的關係所決定的，因此人們必須要超越當代狹隘的文化模式和價值觀念，擴展生命的內涵和外延，把生態系統看作一個有生命的整體，賦予生態系統中的所有存在物以生命的意義，並確立一種平等的地位。

一、深層生態學的最高原則

　　奈斯認為生態學或生態思維便是生態智慧，它與倫理準則、規則、實踐相關聯。深層生態學意味著實現從科學向智慧的轉換。每一種生態哲學都可以為人們拯救地球的行動提供某種動力。奈斯提出的生態哲學只是眾多生態哲學中的一種，他稱之為「生態哲學T」。奈斯的生態哲學強調多元和寬容，讚賞文

化的差異。深層生態學遵循兩個最高原則：一個是生態中心主義平等原則，另一個是自我實現原則。

生態中心主義平等原則的基本思想是生物圈中的所有事物都有生存和繁衍的平等權利，都有在較寬廣的「大我」的範圍內使自己的個體存在得到展現和自我實現的權利。生物圈中的一切存在物都有特定的價值，都有利於系統的豐富性和穩定性，而這正是生態系統維持穩定和正常發展的基礎。由於深層生態學把生態系統看作一個有生命的整體，因而也擴展了生命的概念，賦予生態系統中的所有存在物以生命的意義。一切生命個體都具有內在的目的性，在生態系統中的地位是平等的。人類也只不過是眾多物種中的一種，並不比其他的物種優越。如果我們傷害了其他物種，也就等於傷害了自己，因而我們應當充分認識到人與自然的密不可分，反對人類中心主義。

自我實現理論是深層生態學最具特色的理論之一，它是對近現代西方「自我」（「self」，小寫字母開頭）概念的超越。深層生態哲學所理解的「自我」是與大自然融為一體的「大我」（「Self」，以大寫字母開頭）。奈斯認為，在近現代西方的倫理學中，「自我」是一種孤立的、分離的自我，主要追求的是一種享樂主義的滿足感，這種狹隘的自我打亂了人們的正常生活秩序，使人成為社會流行時尚的犧牲品。人類也因此失去了探索自身獨特精神與生物本性的機會。如果每個人都能同他的家庭、朋友乃至整個人類緊密地結合在一起，那麼人自身的獨特精神和生物本性才會生長。自我實現的過程實質上就是擴展自我認同對象範圍的過程，這個過程要超越人類自身而達到一種包括對非人類世界的認識。於是我們將會體驗到：我們只是更大整體的一部分，而不是與自然分離的個體；我們作為人和人的本性，是由與他人以及與其他存在物的關係所決定的。因此，人們必須要超越當代狹隘的文化模式和價值觀念。在處理人與自然關係的問題上，自我實現理論告訴我們應當善待自然，把自然當作我們的朋友，杜絕對自然的徵服和掠奪慾望，順應自然的發展規律。這種理念在弗羅斯特的詩歌中也有所體現。

二、「手段儉樸，目的豐富」的生活方式

根據深層生態學遵循的這兩個最高原則，深層生態學得出基本的生態道德原則是我們應該最小而不是最大地影響環境。深層生態主義者就是依據這一道德原則，呼籲人們尋求「手段儉樸，目的豐富」的生活方式。對於生活方式及其意義，人們的態度各有不同。現代工業社會的主流生活方式強調的是最大

限度地滿足當代人的物質慾望，大多數人對此不以為然。然而，一些深層生態主義者卻對此保持著清醒的頭腦。他們反對當今西方社會過高的物質生活標準，主張降低物質生活水平，重視人的精神生活。奈斯曾經指出：我們對當今社會能否滿足諸如愛、安全和接近自然的權利這樣一些人類的基本需求提出疑問，在提出這種疑問的時候，也就對我們社會的基本職能提出了質疑。物質生活標準應該急遽降低，而生活質量在滿足人深層的精神方面，應該保持或增加。為了迴歸到「手段儉樸，目的豐富」的生活方式，我們應當反對過分文明化，在政治上堅信無為，熱愛田園生活。這與弗羅斯特詩歌中所體現出的生活方式有著異曲同工之妙。

第二節　弗羅斯特詩歌的深層生態意識

　　自然是文學作品中一個永恆的主題，文學作品中蘊含的深層生態意識也顯示了作者的前瞻性與責任感。生態批評家克魯伯（Karl Kroeber）在其《生態文學批評》一書中提出了「詩意生態系統」「為自然而藝術」的文藝主張，文學應當倡導生態思維、生態學視野。美國學者魯克爾特也曾提出：文學要與生態學結合起來，文學家與批評家必須具有生態學的視野。這要求文學作品應盡可能地體現出作家的生態責任感，文學作品在探索人與自然的關係上要符合生態理念，引導讀者反對人類中心主義的狹隘思想，反對過度的工業文明，善待自然，迴歸簡樸生活，維護生態系統的和諧。弗羅斯特的詩歌就具有這樣的文學價值。弗羅斯特的詩歌形式簡單甚至傳統，但卻能借自然描寫解釋社會認識，寄予其深刻的、象徵性的甚至某種宗教式的觀感和意義。他從人與自然的關係入手，引領人們認識到人類與自然的生態中心主義平等和共生，同時以獨特的視角對工業文明進行了堅決的批判並倡導田園生活。儘管當時人們對弗羅斯特的作品的生態思想不甚瞭解，僅僅把他理解為一個大自然的愛好者，但他的作品所體現出的生態批評思想，尤其是他詩歌中所蘊含的深層生態意識，的確值得我們對其作品重新評價與把握。事實上，弗羅斯特詩歌中的深層生態意識，是他留給世界的文化遺產中重要的一部分。它不僅能幫助我們更好地學習弗羅斯特的詩歌，理解他的詩歌藝術，還能幫助我們更好地認識身邊的大自然，領悟大自然中所蘊含的人生哲理。因此，弗羅斯特詩歌中的深層生態意識是值得我們去發掘和探討的。

　　本節運用阿倫・奈斯的深層生態學理論尤其是其中的二個最高準則「生

態中心主義平等」「自我實現」和指導性原則「手段簡樸，目的豐富」的生活方式來系統地探討弗羅斯特詩歌中蘊含的深層生態意識，從而引導人們在生態危機日益嚴峻的今天如何保持人與自然的和諧關係。這是該領域的一個探索性研究，能為文學作品的解讀提供一個新的有意義的思路，同時也能讓讀者對弗羅斯特有一個更新更深的理解。弗羅斯特認為，人類和自然是平等且相互作用和相互聯繫的；如果人類想實現自我，就必須善待自然。弗羅斯特對其所處時代過分追求物質標準的生活方式不以為然，他反對基於科技、工業化和商業化基礎上的工業文明所帶來的物質財富的極大豐富，倡導一種田園生活。

一、人類與自然的生態中心主義平等

生態中心主義平等原則告訴我們，若無充足的理由，我們沒有任何權利毀滅其他生命，當然我們也就沒有權利毀滅自然，也不可能毀滅自然。深層生態學強調萬物平等，自然中所有生命存在物都有其內在價值。在弗羅斯特的詩歌中，詩人把自然和人類置於平等的地位，反對人類中心主義。人類中心主義也就是人類沙文主義。人類沙文主義認為人類是萬物之王，是價值之源等，這種觀點深深地根植於我們的文化之中（Devall B, Sessions G）。然而弗羅斯特認為人類並非萬物之王，人類與自然是平等的，人類應當對自然中其他的存在物有憐憫和敬畏之心。例如，在《致冬日裡遇見的一隻飛蛾》（「TO A MOTH SEEN IN WINTER」）中，詩人為一隻振翅飛翔而筋疲力盡的飛蛾而擔憂，表現出了他超前的深層生態意識。

這是在衣袋裡暖透的沒戴手套的手，
樹林與樹林之間的一個棲息之地，
你這黑眼褐斑銀光閃閃的飛蛾喲，
為啥不合上翅膀安歇，卻仍在展翅？
（憑那些特徵，我不知你究竟是誰，
不知飛蛾是否像花一樣需要我幫助？）
現在請告訴我是什麼用虛假的希望
引誘你進行這場沒有盡頭的冒險，
引誘你在這隆冬時節尋求同類的愛？
請停下聽我把話說完。我當然認為
你會不辭辛勞飛向那麼虛幻的一位，
為支撐你自己你會極度地筋疲力盡。

你不會找到愛，愛也不會找到你。
　　你讓我感到可憐的是某種人情味，
　　那種古老的無可救藥的不合時宜，
　　那就是世間一切不幸的唯一原因。
　　但去吧。你沒錯。我同情也沒用。
　　去吧，直到你翅膀濕透，被迫停止。
　　你肯定是天生就比我更具有智慧，
　　所以知道我一時衝動伸出的這只手，
　　這只能幫你越過附近每道鴻溝的手，
　　可以夠著你，但夠不著你的命運。
　　我夠不著你的生命，更不用說救你，
　　因我暫時得竭盡全力救我自己的命。（普瓦里耶，理查森 446-447）

　　在該詩中，詩人說：「你肯定是天生就比我更具有智慧，/所以知道我一時衝動伸出的這只手，/這只能幫你越過附近每道鴻溝的手，/可以夠著你，但夠不著你的命運。」從中我們可以看出詩人對其他物種的敬畏與憐憫。弗羅斯特的許多詩歌還體現了自然的神祕性和不可徵服，人類不能洞察自然之意圖。例如，在《小河西流》（「WEST-RUNNING BROOK」）中，詩人寫道：

　　「說到背道而馳，你看在白浪處，
　　這條小河是怎樣同自己相向而流。
　　它來自我們來自的那個水中的地方，
　　早在我們被隨便什麼怪物創造之前。
　　今天我們邁著迫不及待的步伐
　　正溯流而上要回到一切源頭的源頭，
　　回到永遠在流逝的萬事萬物的溪流。
　　有人說生存就像一個皮耶羅和一個
　　皮耶羅蒂，永遠在一個地方站立
　　並舞蹈，其實生存永遠在流逝，
　　它嚴肅而悲傷地奔流而去，
　　用空虛去填充那深不可測的空虛。
　　它在我們身邊的這條小河裡流逝，
　　但它也在我們頭頂、我們之間流逝，
　　在一陣短促的恐慌中分開我們。

它在我們之上之間和我們一道流逝。
它是時間、力量、聲音、光明、
生命和愛——
甚至是流逝成非物質的物質;
這道宇宙間的死亡的大瀑布
消耗成虛無——而且不可抗拒,
除非是憑它自身的某種神奇抵抗,
不是憑偏向一邊,而是憑向后,
仿佛它心中感到惋惜,神聖的惋惜。
它自己具有這種逆流而行的力量,
所以這大瀑布跌落時通常都會
舉起一點什麼,托起一點什麼。
我們生命的跌落托起時鐘。
這條小河的跌落托起我們的生命。
太陽的跌落托起這條小河。
而且肯定有某種東西托起太陽。
正因為有這種逆流而上、迴歸源頭
的向后運動,我們大多數人才在
自己身上看到了歸源長河中的貢品。
我們實際上就是從那個源頭來的。
我們幾乎全是。」(普瓦里耶,理查森 332-333)

根據生命科學理論,人類的源頭在水中。小河的跌落托起我們的生命,而太陽的跌落又托起這條小河,那到底是什麼東西托起太陽?弗羅斯特在這裡暗示肯定還有更高層的某些東西,但顯然不是人類。弗羅斯特把人類置於低於小河(自然的象徵)的層面上,表明他認為人類並沒有比自然中其他存在物高人一等,人類應當敬畏自然。這是對長期存在的人類中心主義的有力挑戰。

二、善待自然達到自我實現

自我實現理論告訴我們應當善待自然,把自然當作我們的朋友,杜絕對自然的徵服和掠奪慾望,讓自然順其發展。我們也可以看到詩人把自然和人類置於平等的地位,反對人類中心主義。但是弗羅斯特筆下的人物是如何與自然和諧相處的呢?當我們依靠自然謀生的時候,怎樣做才是合適的呢?品讀弗羅斯

特的詩歌《花叢》(「THE TUFT OF FLOWERS」) 能夠尋求到答案:

有一次我去翻曬已被割下的牧草,
有人早在清晨的露水中將其割倒。

在我看見那塊平展展的草場之前,
磨礪他那柄鐮刀的露水已經消散。

我曾繞到一片小樹林后把他找尋,
也期待過微風吹來他磨刀的聲音。

但他早已離開草場,因草已割完,
而我只能像他剛才一樣孤孤單單,

我心中暗想:正如人都注定孤單,
不管他們是一起干活兒還是單干。

我正這樣思忖,一只迷惘的蝴蝶
揮舞著翅膀從我身邊迅疾地飛越,

懷著因隔夜而已變得模糊的牽掛,
它在找一朵昨天使它快活的野花。

起初我看見它老在一處飛舞盤旋,
因為那兒有朵枯萎的花躺在草間。

接著它又飛向我目力所及的遠方,
然后又抖動著翅膀飛回到我身旁。

我在把一些沒有答案的問題思考,
而且正打算轉身翻曬地上的牧草;

可蝴蝶先飛回來,並把我的目光
引到小河岸邊一叢高高的野花上,

蘆葦叢生的河邊被割得寸草不留,
可那柄鐮刀偏對一叢花高抬貴手。

晨露中那位割草人如此喜愛它們,
留它們昂首怒放,但不是為我們,

也不是為了引起我們對他的注意,
而是因為清晨河邊那純粹的歡娛。

但儘管如此,那只蝴蝶和我自己
仍然從那個清晨得到了一種啟示,

那啟示使我聽見周圍有晨鳥啼鳴,
聽見他的鐮刀對大地低語的聲音,

感覺到一種與我同宗同源的精神,
於是我今后干活不再是孑然一身;

而仿佛是與他一道,有他當幫手,
中午困乏時則共尋樹陰同享午休;

睡夢中二人交談,好像親如弟兄,
而我原來並沒有指望能與他溝通。

「人類共同勞動,」我由衷地對他說,
「不管他們是單干還是在一起干活。」(普瓦里耶,理查森 39-41)

這些詩歌告訴我們應當善待自然,適度利用自然,恢復自然原貌或順其自然地發展。他倡導「只取自然願意給予的」(LATHEM E C),只有這樣,才能達到自我實現的目的。弗羅斯特的許多詩歌都警示人類不能對自然索取過多,而應合理地適度利用自然。例如,在《最后一片牧草地》(「*THE LAST MOW-ING*」)一詩中詩人描繪了「最后一片牧草地」,「最后」二字隱含了詩人對人類過度索取自然的擔憂。

有一片被叫做偏遠牧場的草地,
我們再也不會去那兒收割牧草,
或者說這是農舍裡的一次談話:
說那片草場與割草人緣分已盡。
這下該是野花們難得的機會,
它們可以不再怕割草機和耕犁。
不過必須趁現在,得抓緊時機,
因為不再種植樹木就會逼近,
得趁樹木還沒看到那塊地拋荒,
趁它們還沒有在那裡投下濃陰。
我現在所擔心的就是那些樹,
花兒在它們的濃陰下沒法開放;
現在我擔心的不再是割草人,

因草地已完成了被種植的使命。
那片草場暫時還屬於我們
所以你們喲，躁動不安的花，
你們盡可以在那兒恣意開放，
千姿百態、五顏六色的花喲，
我沒有必要說出你們的名字。（普瓦里耶，理查森 339）

又如，在《採樹脂的人》（「THE GUM-GATHERER」）中，詩人也暗示向自然過分索取是錯誤的。

一天清晨，在下山的路上，
有個人趕上來與我同行，
他拎著個蕩悠悠的口袋，
口袋的上半截繞在他手上。
他讓我與他同行的五英里路
比讓我乘車騎馬都更舒暢。
山路沿著一條嘩嘩的小溪，
我倆說話都像在大聲嚷嚷。
我先告訴他我從哪兒來，
我住在山區的什麼地方，
此時我正沿著那條路回家，
然后他也講了些他的情況。
他來自很高很高的山坳
在那兒河川源頭衝刷著的
是從山體裂出的一塊塊岩石，
那看上去真足以令人絕望——
因岩石的風化層只夠生苔蘚，
永遠也形不成能長草的土壤。
他在樹林邊建了間小木屋。
那只能是間低矮的木屋，
因為對烈火與毀滅的恐懼
常常驚擾林區人的夢鄉：
夢中半個世界被燒得烏黑，
太陽在濃菸中蜷縮變黃。

> 我們熟悉帶山貨進城的山民,
> 他們馬車座下或有些漿果,
> 他們兩腳之間或有籃雞蛋;
> 這個人布袋裡裝的樹脂,
> 從山上的雲杉樹採的樹脂。
> 他讓我看那些芳香的樹脂塊,
> 它們像尚未雕琢的寶石。
> 它們的顏色在齒間呈粉紅,
> 可在上市之前卻是金黃。
>
> 我告訴他那是一種愜意的生活:
> 終日在陰暗的林間樹下,
> 讓樹皮貼近你的胸膛,
> 伸出你手中的一柄小刀,
> 將樹脂撬下,然后採下,
> 高興時則帶著它們去市場。(普瓦里耶,理查森 186-187)

詩中人和採樹脂的人之間的對話告訴我們詩人認為採樹脂的人懂得適度利用自然,過的是一種愜意生活,他用「一柄小刀」去撬樹脂,高興時拿去市場的樹脂塊「像尚未雕琢的寶石」。他不會貪得無厭一次就把樹脂全部撬完,那樣既破壞了自然,也毀了自己的謀生之路。因此,人類必須合理地利用自然的饋贈。蘇珊‧格里芬這樣寫道:「我們需要自然來賴以生存:空氣、食物、溫度等缺一不可……仿佛自然僅僅是為我們提供生活必需品的。」事實上,自然並非為滿足人類的需求而存在,對大自然的過度索取不僅破壞了其他生物的生存條件,同時也會使人類陷入絕境。只有適度利用自然,才能達到人類的自我實現,人類與自然是休戚相關、不可分割的。

三、迴歸「手段簡樸,目的豐富」的生活方式

「手段儉樸,目的豐富」是深層生態學提出的一個十分重要的原則,它倡導對生活質量的讚賞,而不是追求一種不斷提高的更高要求的生活標準。它號召人們迴歸儉樸生活主要是由於不斷增長的生態危機。對於弗羅斯特來說,他的「迴歸自然」也是由於生活中發生了一些重大的改變,尤其是技術層面上的改變。弗羅斯特在青少年時期目睹了所謂的「機器文明」給人類的生活和

心靈造成了嚴重的影響，它摧毀了平靜的鄉村生活，毀滅了人性。為此作為「工業社會田園詩人」的弗羅斯特在工業時代借助詩歌來呼籲人類保護自然，反對基於科技、工業化和商業化基礎上的工業文明所帶來的物質財富的極大豐富並倡導一種田園生活，這在他的很多詩歌中都有所體現。例如，《孤獨的罷工者》（「A LONE STRIKER」）一詩講述了一個因為「沒趕上大門關閉」而被辭退的人。

趕時髦的廠鐘改變了快慢差率，
一聲聲敲響像一道道催命符，
雖然遲到者聞聲都拼命奔跑，
但仍有一人沒趕上大門關閉。
這兒有條上帝或人制定的法規：
如果一個人上班來得太遲，
他得在工廠門外站半個小時，
他該被減工時，他該被扣工資。
他該受老板叱責甚至被辭。
這規矩太多的工廠開始震動。
工廠的廠房雖有許多窗戶，
但令人不解的是全都不透明，
所以他的目光不可能進廠房
看是否有臺機器沒有開動，
正因為他的緣故在一旁閒置。
(他不可能指望機器會傷心。)

但他覺得他看見了這幅場面：
空氣中彌漫著羊毛的粉塵。
成千上萬支紗正在被紡成線，
但捻轉的速度是那樣慢慢吞吞，
整天從大線筒到空心小線筒
它幾乎從不使足力氣旋轉，
所以線拉得很慢但很安全。
如果有哪一根紗萬一拉斷，
那位紡紗女工一眼就會看見。
那紡紗女工依然在那兒紡紗。

這就是那人還來工廠的原因。
她那戴著戒指的手是那麼靈巧,
紗線在她的指間像根根琴弦。
她把碰巧拉斷的紗頭首尾相接,
憑的是一種絕不會出錯的觸感,
與其說她是把紗頭接在一起,
不如說她是把雙紗融為一線。
人的心靈手巧真是巧奪天工。
他站在那兒清楚地看到這點,
但他發現要抗拒這點也不困難。

他知道另一個地方,一片樹林,
那裡的樹很高,但有懸崖峭壁;
而如果他站在一道懸崖頂上,
他身邊便會是一片樹梢的海洋,
樹冠的枝葉會把他團團簇擁,
枝葉的呼吸會混合他的呼吸。
如果他站上!生活中太多如果!

他知道一條需要去走的道路。
他知道一泓需要去飲的清泉。
他知道一種需要去深究的思想。
他知道一種需要重新開始的愛。
然而並非是嘴上說說其可能性
就可以省去他應該付出的努力。
對他來說這預示著採取行動。

這工廠固然非常令人向往,
他祝願它擁有現代化的速度。
但工廠畢竟不是神聖的地方,
這就是說工廠畢竟不是教堂。
他決不會想當然地認為,任何
社會公共事業少了他就不行。
但他當時說過,以後也還會說
要是將來果真有那麼一天:

由於他曾經對工廠棄之不顧，
　　由於現在工廠缺少他的支持，
　　工業看上去就可能永遠消亡，
　　或甚至僅僅是看上去一蹶不振，
　　那就來找他吧——他們知道地方。（普瓦里耶，理查森 347-349）

　　一般而言，一個人被解雇時會比較傷心，但此人一點也不傷心，因為工廠無人性化的管理及工作環境讓人心寒，「一聲聲敲響像一道道催命符」「工廠的廠房雖有許多窗戶，但令人不解的是全都不透明」。當他想到一片美麗的森林時，所有的工業文明在他眼中都不值一提，「他知道一條需要去走的路」。在詩的結尾，被解雇者說道：「要是將來果真有那麼一天：／由於他曾經對工廠棄之不顧，／由於現在工廠缺少他的支持，／工業看上去就可能永遠消亡，／或甚至僅僅是看上去一蹶不振，／那就來找他吧——他們知道地方。」以上詩行表明被解雇者已下定決心遠離工業文明，迴歸自然。同時，也暗示工業不可能長期持續下去，人類應當迴歸自然，過著與自然親密接觸的田園生活。又如《收落葉》（「*GATHERING LEAVES*」,）是描寫詩人辛勤勞動的詩篇：

　　用鐵鍬去鏟落葉
　　簡直就像用鐵勺，
　　成包成袋的落葉
　　卻像氣球般輕飄。

　　我整天不停地鏟，
　　落葉總窸窣有聲，
　　像有野兔在逃竄，
　　像有野鹿在逃遁。

　　但我堆起的小山
　　真令我難以對付，
　　它們遮住我的臉，
　　從我雙臂間溢出。

　　我可以反覆裝車，
　　我可以反覆卸貨，
　　直到把棚屋塞滿，
　　可我得到了什麼？

它們幾乎沒重量；
它們幾乎沒顏色，
因為與地面接觸，
它們已失去光澤。

它們幾乎沒用處。
但收成總是收成，
而且又有誰敢說
這收穫啥時能停？（普瓦里耶，理查森 304-305）

詩人寫他收集的落葉：「它們幾乎沒用處。/但收成總是收成，/而且又有誰敢說/這收穫啥時能停？」儘管收穫頗微，但詩人在尋常的勞作中傳遞著他對大自然的關懷。這種只重耕耘，不問收穫也成了他的一種人生哲學——簡樸的生活方式是對自然的最好報答。

總之，弗羅斯特的詩歌中蘊含著豐富的生態哲理，體現了深層生態意識。通過對弗羅斯特詩歌的分析，我們發現弗羅斯特是反對人類中心主義，堅信人與自然的相互關聯和不可分割。這與深層生態學所提倡的生態中心主義平等不謀而合。在對待自然的態度上，弗羅斯特要求我們適度利用自然或順其自然發展，這符合深層生態學所提倡的自我實現原則。儘管弗羅斯特不是一位像奈斯那樣的生態學家，但他也倡導一種「手段儉樸，目的豐富」的生活方式。弗羅斯特在詩歌中不斷提醒我們要反對工業文明並迴歸簡樸的田園生活，從而實現人類與自然和諧共存。

第三節　弗羅斯特詩歌深層生態意識的成因

20 世紀以來，由於生態環境日益惡化，深層生態學越來越受到人們的關注，已成為西方生態批評的一個重要組成部分。深層生態學是當代西方一場聲勢浩大的社會思潮，代表著一種嶄新的「思想範式」，從不同的角度深刻剖析了生態環境問題的癥結。深層生態學尤其是其中的兩個最高準則，即「生態中心主義平等」「自我實現」和指導性原則「手段簡樸，目的豐富」的生活方式是在現代思想的維度上，對人與自然關係的深刻反思，從而形成了獨具特色的理論風格。深層生態學認為人類只是大自然的一部分，人類的存在是由其與其他存在物的關係所決定的。因此，人類必須要超越當代狹隘的文化模式和價

值觀念，把整個生物圈乃至宇宙看成一個生態系統，承認所有存在物都有其生命的意義，平等對待生態系統中的所有存在物，保持生態系統的完整性。這種深層生態觀在弗羅斯特的詩歌中也有所體現，在他的詩歌中，弗羅斯特承認人類與自然的生態中心主義平等，並倡導與「手段簡樸，目的豐富」的生活方式異曲同工的田園生活，他還告誡人類要適度利用自然，善待自然。弗羅斯特是20世紀美國備受推崇、獨樹一幟的偉大詩人，他的詩歌大多以美國新英格蘭鄉村為背景，具有濃鬱的鄉土氣息和誘人的田園情趣，詩中充滿著對人類和自然和諧理念主題的凝思和探索。弗羅斯特為什麼會有這種深層生態意識？本節通過對詩人詩歌、書信和相關評論等的研究，從以下三個方面追問弗羅斯特深層生態意識的成因：一是弗羅斯特的宗教信仰；二是弗羅斯特的閱讀體驗；三是弗羅斯特的人生閱歷。

一、弗羅斯特的宗教信仰

弗羅斯特認為宗教信仰是能給人帶來精神慰藉的事物（Thompson, Lawrance & R. H. Winnick）。弗羅斯特的宗教信仰是很複雜的。弗羅斯特存在式的憂慮與他對上帝的擔心息息相關。他從先輩那裡繼承到上帝是難以捉摸的，上帝要求人類永遠服從其意志並會懲罰剛愎自用之人。弗羅斯特的母親是一位虔誠的基督徒，她對弗羅斯特的影響是難以磨滅的。弗羅斯特自稱基督徒，基督教是深層生態學生態中心主義平等的重要思想淵源之一，基督徒尊重所有的生命，一些基督教團體還制定行動綱領來支持深層生態運動，反對人類中心主義，倡導生態生活方式。作為基督徒的弗羅斯特，也受到了基督教教義的影響。一位研究弗羅斯特的專家彼得·斯坦利斯（Peter Stanlis）說，弗羅斯特認為人類由於對上帝會做出的最終審判不確定，在靈魂深處對上帝心存恐懼（Gary Sloan）。弗羅斯特有時像基督徒一樣相信上帝普遍存在於自然之中，這在他的詩歌中也有所體現。例如，在《春日祈禱》（「A PRAYER IN SPRING」）中，詩人沉溺於自然的天恩中，享受著上帝的愛。

啊，讓我們歡樂在今日的花間；
別讓我們的思緒飄得那麼遙遠，
別想未知的收穫；讓我們在止，
就在這一年中萬物生長的時日。

啊，讓我們歡樂在白色的果林，

讓白天無可比擬，夜晚像精靈；
讓我們快活在快活的蜜蜂群中，
蜂群正嗡嗡圍繞著美麗的樹叢。

啊，讓我們快活在疾飛的鳥群，
蜂群之上的鳥鳴聲忽然間可聞，
忽而用喙劃破空氣如流星墜下，
忽而靜靜地在半空如一樹繁花。

因為這是愛，是世間唯一的愛，
是注定要由上帝使之神聖的愛，
上帝聖化此愛是為了他的宏願，
但此愛此願卻需要我們來實現。（普瓦里耶，理查森 27）

「歡樂在今日的花間」「歡樂在白色的果林」「快活在疾飛的鳥群」，花間、果林、鳥群，這些都是自然的象徵。在詩的結尾，詩人寫道「因為這是愛，是世間唯一的愛，/是注定要由上帝使之神聖的愛」，敬仰上帝之情躍然紙上。基督徒相信上帝永存於自然之中，這是弗羅斯特對自然心存敬畏的重要原因。為此弗羅斯特要求人類尊重自然，棄絕旨在徵服自然，以滿足人類不合理要求的行為。他認為人類應當適度利用自然。這符合深層生態學的兩個最高準則，即生態中心主義平等和自我實現。弗羅斯特的這種深層生態意識的形成與基督教教義的影響是密不可分的，可以說是宗教信仰給予他堅定的信念，以積極的方式尋求人類與自然的和諧相處之道，引領人類尋找理想的精神家園。

二、弗羅斯特的閱讀體驗

人們的觀念會受到他的閱讀體驗的影響，對文學家來說尤其如此。弗羅斯特深層生態意識的形成也受到了他的閱讀體驗的影響。浪漫主義作家華茲華斯對待自然的方式、愛默生的超驗主義自然觀、達爾文客觀地看待人與自然，這一切都有助於弗羅斯特深層生態意識的形成。華茲華斯總是描繪自然界的美景，在他的眼裡，自然是溫柔的、可愛的，是人類的朋友，他對自然充滿崇敬之情。在他的詩歌中，似乎有一種聲音呼喚人類迴歸自然，迴歸簡樸人生。華茲華斯的這種對待自然的方式影響了包括弗羅斯特在內的許多年輕人。和華茲華斯一樣，弗羅斯特非常崇尚自然，在他的自傳中，弗羅斯特認為自然這所沒有房頂的學校在教育人方面比起教室和書本更有效。在弗羅斯特的許多詩歌

中,他渴望與自然融為一體。華茲華斯不僅讓弗羅斯特體驗到了自然的神聖,對自然產生敬仰之情,華茲華斯的高地生活對弗羅斯特也產生了潛移默化的效果,使其倡導田園生活,並在農場渡過了他的大半生。

超驗主義的先驅愛默生認為上帝在自然中無所不在。愛默生認為「自然之外,自然之中,精神無處不在」(Richardson, Robert D)。由於有上帝或者說精神的存在,自然能對人類產生良好影響。而且,「自然是精神的象徵」,「特殊的自然事物也是特殊的精神事物的象徵」(Richardson, Robert D)。愛默生總是把人類等同於自然,四季的更替相當於人生的進程,小小的螞蟻也是人類的化身。這些超驗主義的觀點讓弗羅斯特感受到自然的神聖,更重要的是愛默生的超驗主義自然觀引導弗羅斯特反省人類和自然的關係。評論家總是喜歡把弗羅斯特和愛默生進行比較,並稱其為「愛默生式的人物」或者把他和「愛默生信仰」「愛默生原則」(Zabel, Morton D)相聯繫。弗羅斯特也曾在很多場合表達了他對愛默生的敬佩,他稱愛默生是「他最喜歡的美國詩人」和「西方最偉大的詩人」(Gerber, Philip L)。可見愛默生對弗羅斯特的影響是非常深遠的,這為弗羅斯特深層生態意識的形成奠定了基石。

1859年,英國自然學家達爾文的《物種起源》震撼了全世界,達爾文認為人類是由動物進化而來,並不比其他物種優越,適者生存,人類也得為生存而奮鬥。達爾文的理論對弗羅斯特產生了巨大的影響,弗羅斯特吸收了達爾文的進化論並把它運用到對自然的刻畫中,這有助於弗羅斯特看到人類與自然的生態中心主義平等,從而促進其深層生態意識的形成。

三、弗羅斯特的人生閱歷

人生閱歷會對人的世界觀的形成產生影響。弗羅斯特的深層生態意識是他世界觀重要的組成部分,必然承載著人生閱歷的烙印。弗羅斯特一生大部分時間都是在農場渡過的,青少年時期目睹了工業革命給人類帶來的巨大改變,工業革命帶來了社會財富的極大豐富,然而工業革命也帶來了一系列社會問題,社會貧富差距拉大,富裕的是資本家,無產者更加貧窮,環境污染嚴重,原來田園詩般的生活隨著工業革命的到來而消逝。工業革命使人類像上足了發條快速運轉的機器,失去了自我和精神追求。「人類的科學水平不斷提高,而心靈、道德的提高相對來說卻大大滯后,當二者的失衡達到一定程度的時候,人們對其可能出現的后果就難免要憂心忡忡。」(朱振武)工業革命的發展,使得人與人之間,人與自然之間的關係變得冷淡、敵對,不斷惡化的社會環境使

弗羅斯特憂心忡忡，不斷反思如何才能保持人類和自然的和諧。

綜上所述，弗羅斯特深層生態意識的形成是很複雜的，宗教信仰是導致弗羅斯特深層生態意識形成的一個重要方面，是宗教信仰給了他堅定的信念，使其以積極的方式尋求人類與自然的和諧相處之道，引領人類尋找理想的精神家園。華茲華斯對待自然的方式、愛默生的超驗主義自然觀、達爾文客觀地看待人與自然，這一切都有助於弗羅斯特深層生態意識的形成。弗羅斯特的人生閱歷也是導致其深層生態意識形成的一個重要原因，長期與自然的親密接觸，不斷惡化的社會環境使弗羅斯特尋求人類與自然的和諧相處之道，只有正確處理好工業文明和環境保護的關係，才能實現人類和自然共生的理想模式。

第四節　弗羅斯特詩歌深層生態意識的價值

現今人類面臨著嚴重的生態危機，人類與自然的關係不斷惡化。弗羅斯特的深層生態意識對我們有著重大的啟示。弗羅斯特在詩歌中告訴我們要實現人類與自然的生態中心主義平等，善待自然達到自我實現以及迴歸「手段簡樸，目的豐富」的生活方式。這一切都有利於維護生態平衡，實現生態共生以及樹立新型的價值觀、消費觀，對解決現代人類面臨的日益嚴峻的生態危機具有重要的理論和現實意義。

在生態危機日益嚴峻的今天，人類與自然關係不斷惡化，如何維持人類與自然的和諧相處之道，維護生態平衡，研讀思索弗羅斯特的深層生態意識對我們有著重大的啟示。弗羅斯特是 20 世紀美國最著名的自然詩人，他的詩歌形式簡單甚至傳統，但卻能借自然描寫解釋社會認識，寄寓其深刻的、象徵性的甚至某種宗教式的觀感和意義。他從人與自然的關係入手，引領人們認識到人類與自然的生態中心主義平等和共生，同時以獨特的視角對工業文明進行了堅決的批判並倡導田園生活。弗羅斯特在詩歌中告訴我們人類和自然是平等且相互作用和相互聯繫的。如果人類想實現自我，就必須善待自然。弗羅斯特對其所處時代過分追求物質標準的生活方式不以為然，他反對基於科技、工業化和商業化基礎上的工業文明所帶來的物質財富的極大豐富並倡導一種田園生活。研讀思索弗羅斯特的深層生態意識，能為我們借鑑人類優秀文化遺產緩解當今日益嚴峻的生態危機提供有益的思路，對我們今天的環境保護和科學發展具有重要的借鑑意義。

一、人類與自然的生態中心主義平等，有利於維護生態平衡

弗羅斯特在詩歌中把自然和人類置於平等的地位，反對人類中心主義。人類中心主義也就是人類沙文主義，人類沙文主義認為人類是萬物之王，是價值之源等，這種觀點深深地根植於我們的文化之中。然而弗羅斯特認為人類並非萬物之王，人類與自然是平等的，人類應當對自然中其他的存在物有憐憫和敬畏之心。這為人們提供了明確人類在生物圈中的正確位置的準則。人類不過是眾多物種中的一種，在自然的整體生態關係中，與其他物種是平等的。人類作為萬物之王的觀念應當被人類與自然的生態中心主義平等和共生的觀念所替代，正如德韋爾和塞欣斯所說：「生物圈中的所有事物都擁有生存和繁榮的平等權利，都擁有在較寬廣的大我的範圍內使自己的個體存在得到展現和自我實現的權利。」（Devall B, Sessions G）人類與自然中一切其他存在物是平等的，人類應當維護與自然平衡和諧的整體關係。一旦這種關係被破壞，生態平衡的良性循環就會瓦解。現代社會的環境污染及生態環境被破壞所導致的災難，正是由於人類過分重視自己的價值與存在，把人類作為萬物的尺度，認為人類具有統治和支配其他一切存在物的權力，從而形成了一切以人為目的、以人為中心、以人為尺度的人類中心主義所導致的。人類中心主義顛倒了人在自然中的正確位置，違背了弗羅斯特所倡導的人類與自然的生態中心主義平等，破壞了人類與自然的和諧關係，從而導致生態失衡，產生一系列生態危機。

二、善待自然達到自我實現，有利於實現生態共生

從現代生態倫理學的角度看，人類與自然的和諧相處，是解決當今生態危機的主要途徑。在人類與自然相處的過程中，一方面，人類為了自身的發展，必然要開發和利用自然資源，因而會對自然造成影響，甚至破壞；另一方面，自然界本身存在著再生和自我調節能力，能夠消除人類對自然環境所造成的不良影響。在正常情況下，只要這兩個方面是和諧的，人類和自然能夠實現生態共生，並不會導致生態危機。但是，當人類對自然的影響超出了自然界的再生能力和自我調節能力時，就有可能造成自然界平衡的破壞，從而出現生態危機。當前的生態危機就是由於人類對自然的過度開發和利用而導致的。人類與自然關係的失和，導致生態危機，而解決生態危機，就必須重建人類與自然的和諧關係，實現人類與自然的生態共生。弗羅斯特在詩歌中告訴我們應當適度

利用自然，恢復自然原貌或順其自然地發展。他倡導「只取自然願意給予的」（LATHEM E.C），只有這樣，才能達到自我實現。弗羅斯特的許多詩歌都警示人類不能對自然索取過多，而應合理地適度利用自然。事實上，自然並非為滿足人類的需求而存在，對大自然的過度索取不僅破壞了其他生物的生存條件，同時也會使人類陷入絕境。只有適度利用自然，才能達到人類的自我實現，實現人類與自然的生態共生。

三、迴歸「手段簡樸，目的豐富」的生活方式，有助於樹立新型的價值觀、消費觀

地球資源並非取之不盡、用之不竭的，過度的消費會加速自然資源的枯竭，導致自然生態體系的失衡。適度地抑制人們的慾望，合理地利用各種資源，從而實現人類與自然的可持續發展至關重要。作為「工業社會田園詩人」的弗羅斯特在工業時代借助詩歌呼籲人類保護自然，反對基於科技、工業化和商業化的工業文明所帶來的物質財富的極大豐富並倡導一種田園生活，這在物慾橫流的今天具有重要的現實意義。人們最大限度地追逐個人利益，對自然過度開採，造成各種自然資源的銳減；對大自然的無情破壞，使大量的動植物瀕臨滅絕，造成了生態環境的進一步惡化。「手段儉樸，目的豐富」是深層生態學提出的一個十分重要的原則，這與弗羅斯特反對過度工業文明，倡導田園生活方式有著異曲同工之妙，都是倡導對生活質量的讚賞，而不是追求一種不斷提高的更高要求的生活標準。因此，我們應該「知足常樂」，擺脫個人名利、地位的精神枷鎖，過著簡樸的生活。著名生態學者萊斯特·布朗明確地指出：「自願而簡化的生活，或許比其他理論更能協調個人、社會、經濟及環境的各種需求。」胡錦濤同志也在構建社會主義和諧社會能力專題研討班上指出：「人與自然的關係不和諧，往往會影響人與人的關係、人與社會的關係。如果生態環境受到嚴重破壞、人們的生產生活環境惡化，如果資源能源供應高度緊張、經濟發展與資源能源的矛盾尖銳，人與人的和諧、人與社會的和諧是難以實現的」。為此，人類要在與自然和諧相處的前提下有節制地滿足自己的需求，樹立新型的價值觀和消費觀，即可持續發展的價值觀，在實踐中走出一條穩健的可持續發展的道路，推動整個社會生產方式和生活方式向有利於生態環境的方向發展。

綜上所述，實現人類與自然的和諧，是緩解當前生態危機的重要途徑，弗羅斯特在詩歌中告訴我們人類和自然是平等且相互作用和相互聯繫的。如果人

類想實現自我，就必須善待自然。弗羅斯特對其所處時代過分追求物質標準的生活方式不以為然，他反對基於科技、工業化和商業化的工業文明所帶來的物質財富的極大豐富並倡導一種田園生活。這有利於維護生態平衡，實現生態共生以及樹立新型的價值觀、消費觀，對我們今天的環境保護和可持續發展具有重要的借鑑意義。要想解決生態環境問題，就必須恢復人類與自然的良性生態關係。在可持續發展的實踐中要借鑑弗羅斯特的深層生態意識，實現人類與自然的生態中心主義平等，善待自然達到自我實現，同時對人的需求應進行合理而有效的引導，使人類迴歸「手段簡樸，目的豐富」的生活方式。根據時代的發展，探索出能緩解生態危機的人類與自然共生的新模式。

第三章　道家哲學視角下的弗羅斯特詩歌

　　道家思想是中國歷史上非常具有影響力的意識形態。道家思想的代表人物老子和莊子把自然、人和社會當做他們的研究客體，尋求人與自然、人與人、人與社會的和諧之道。老子和莊子認為，沒有外在干擾，自然可以自得其所，人類可以自得其樂。在弗羅斯特的詩歌中，自然、人和社會是其詩歌中重要的主題。通過從道家思想的角度解讀弗羅斯特的詩歌可以讓人們對弗羅斯特詩歌和道家思想有一個更深刻、更新穎的理解，促進中西文化的交融，同時也為緩解當前日益嚴峻的生態和精神危機、創建和諧社會提供有益的思路。本章擬從老子和莊子倡導的「道法自然」「天人合一」「無為」「絕聖棄智，絕仁棄義」「虛靜」「返璞歸真」等道家思想在弗羅斯特詩歌中體現的挖掘、道家美在弗羅斯特詩歌中的呈現及其啟示以及弗羅斯特思想與中國經典道家思想的契合這些方面進行開拓性研究，以期能引起更多學者和讀者的共鳴。

第一節　道家思想概述

　　道家是中國古代哲學的主要思想流派之一。以「道」為世界的本原，所以稱之為道家。道家創立於春秋後期，創始人為老子。由於對「道」的理解不同，到戰國中期，道家內部開始發生分化，形成老莊學和黃老學兩大不同派別。前者的思想以《老子》《莊子》《列子》為代表，後者的思想以《管子》中的《心術上》《心術下》《白心》《內業》四篇，1973年湖南長沙馬王堆出土的《經法》《原》《稱》《十六經》四篇以及《淮南子》為代表。道家所主張的「道」是指天地萬物的本質及其自然循環的規律。自然界萬物處於經常

的運動變化之中，道即是其基本法則。道家崇尚自然，有辯證法的因素和無神論的傾向，主張清靜無為，反對鬥爭；提倡自然無為，與自然和諧相處；提倡道法自然，無所不容。道家在先秦各學派中，雖然沒有儒家和墨家一樣有那麼多的門徒，地位也不如儒家崇高，但隨著歷史的發展，道家思想以其獨有的宇宙、社會和人生領悟，在哲學思想上呈現出永恆的價值與生命力。

「無」是道家哲學的本質特徵。老子最先提出「無」這一範疇。《老子‧一章》中說：「無名，天地之始。有名，萬物之母。」其意思是說，「無名」是天地的開端，「有名」是世間萬物的來源。老子認為「無」和「有」是「道」的存在形態。「無」指的是「道」的無行無象，是就「道」的統一而言的；「有」指的是「道」通過萬物的表現，是就「物」的矛盾對立而言的。無名指的是「道」在宇宙萬物混沌未開時的一種存在狀態，是無形無象、不可名狀的。有名指的是「道」在宇宙萬物生成後的一種存在形態，是有形有象、可以名狀的。《老子‧四十章》中說：「天下之物生於有，有生於無。」其意思是說世間萬物都產生於「有」，「有」又是從「無」中而來。老子認為「有」與「無」是兩個相互對立的哲學範疇，是「道」的兩種屬性，萬物化生的過程也就是「道」由「無」向「有」轉化的活動過程。《老子‧四十二章》中說：「道生一，一生二，二生三，三生萬物。」其意思是說「道」渾然一體，化生出混沌之氣，混沌之氣又化生出陰陽二氣，陰陽二氣相互交融就產生了新的均勻和諧的狀態，有了這種均勻和諧的狀態就形成了萬事萬物。「一」指天地未分時的原始物質存在，是「有」。道生一，即「有」生於「無」。「道」與「無」都是產生天地萬物的本體。但是，「無」是對「道」的本質界定。對於這個「無」，一般認為是精神、理念，也有人認為是物質。《老子‧十一章》中說：「故有之以為利，無之以為用。」其意思是說「有」給人的便利，只有通過「無」才能發揮出來。也就是說認為「有」所能為利，是因為「無」的作用。「有」與「無」互相依存，「無」比「有」更為根本。老子論「有無」對后來崇尚虛無的思想有過很大影響。

莊子以「虛無」論「道」，將「無」解釋為純然無有，突出地發展了老子的虛無思想。他說：「泰初有無，無有無名。」認為作為宇宙本原的「無」即是「無有」。又說：「萬物出乎無有。有不能以有為有，必出乎無有，而無有一無有。」(《知北遊》)「無有」就是純然一無所有。《齊物論》說：「俄而有無矣，而未知有無之果孰有孰無也。」「因其所有而有之，則萬物莫不有；因其所無而無之，則萬物莫不無。」認為有與無、存在與非存在之間的界限無法分清，一切都是相對的。莊子還提出「無無」概念否定了一切，認為只有連

「無」也沒有，才能達到絕對虛無的境界。

　　無為相對有為而言。《老子‧三十七章》中最先提出「道常無為而無不為」的命題，以說明自然與人為的關係。其意是說「道」常常是「無為」的，但是正因如此，才使它無所不為。老子在此指出「道」作為世間萬物的本原，創造了世間萬物，卻又不對其進行主宰，而是任其自然地出生、繁榮、凋敝、新生，從而達到了「無不為」的結果。老子認為道作為宇宙本體自然而然地生成天地萬物，就其自然而然來說，天道自然無為；就其生成天地萬物來說，天道又無不為。無為與無不為，無為為體，有為為用。也就是說，必須無為才能有為，無為之中產生有為。這就是「道常無為而無不為」的基本含義。老子哲學以無為為本。《老子‧二十五章》提出「道法自然」。意思是說道的法則就是自然而然，遵從它自身的規律。道本身自然而然，道聽任萬物自然而然地發展，生長萬物而不據為己有，推動萬物而不自恃有功，養育萬物而不作其主宰。老子還把天道自然無為推衍為人道自然無為，《老子‧十九章》提出「絕聖棄智」。《老子‧三十七章》提出「無為而治」的政治主張。《老子‧五十七章》中建議統治者順應自然，效法自然，奉行「我無為，而民自化；我好靜，而民自正；我無事，而民自富；我無欲，而民自樸」的政策，最終實現「道常無為而無不為」和「為無為，則無不治」的目的。老子的無為思想有其繼承西周無神論、否定神學目的論、強調尊重自然規律、遏制統治階級掠奪本性的一面；也有其過於排斥有為、忽視人的主觀能動性的一面。這兩方面對后世哲學都產生了重要影響。

　　莊子將老子的「無」發展到極致，也將老子的「無為」發展到極致。這個極致就是「至人」與「逍遙」。莊子的《逍遙遊》就是使精神擺脫桎梏、順遂自然，從而無拘無束、優遊自在地暢遊。這種思想是莊子人生哲學更高境界的體現。所謂「逍遙」，指一種個人精神絕對自由的境界，表現了一種看淡世間功名利祿而怡然自得的灑脫狀態。莊子認為，真正的逍遙是無待，是任其自然。所謂無待，就是無條件限制，無條件約束。他列舉小鳩、大鵬以至列子御風而行，都是各有所待，都是有條件的，所以都不是絕對的逍遙。《莊子‧逍遙遊》中說：「有天道，有人道。無為而尊者，天道也；有為而累者，人道也。」莊子認為無為自然，有為徒勞；人只能順應自然，不可能改變自然。《莊子‧逍遙遊》中說：「若夫乘天地之正，而御六氣之辯，以遊無窮者，彼且惡乎待哉？故曰：至人無己，神人無功，聖人無名。」其意是說遵循宇宙萬物自身的規律，掌握「六氣」的變化，從而自由自在地遨遊在無邊無際的境域中，他還需要依賴什麼呢？所以說，「至人」能達到忘我的境界，「神人」

第三章　道家哲學視角下的弗羅斯特詩歌 ｜ 55

能摒棄功名,「聖人」能忘卻名聲。莊子借此說明人不可被物所阻撓,無用即是有用,表達了莊子反對世人汲汲於社會活動、崇尚無拘無束的自在生活的觀點。莊子認為只有憑藉天地的正道,駕馭陰、陽、風、雨、晦、明六氣的變化,以遨遊於無窮者,才是無所待、無所累的「至人」。「至人」無我、無為、無名,與天道一體,達到了超越生死、物我兩忘、天地與我並生、萬物與我為一的境界。莊子認為,只有到達這一境界,才是絕對的無待、無累,才是絕對的自由。至人是莊子的理想人格,逍遙遊是莊子哲學所追求的理想境界。二者都是對老子無為思想的極端發展。

　　老莊富於批判精神,對於文化發展中出現的偏失進行了強烈的抨擊,並要求人類順應自然,知止不殆,保持人類與自然的和諧,實現「天人合一」,這對於協調人與自然關係,克服人類與自然對抗、人類中心主義以及濫用自然資源等錯誤觀念和行為有著一定的規約作用。面對人們對物欲的過度追求,老莊提出的「返璞歸真」啟示人們保持淳樸的本性,拋棄欲念的煩擾,懂得知足,擺脫束縛人類的精神枷鎖,知足常樂。老莊還極力反對儒家提倡的仁、義、禮、智、信,倡導「絕聖棄智,絕仁棄義」。老莊思想在中國歷史上發揮過指導人生、淨化風俗和穩定社會秩序的積極作用,在物欲橫流的現代社會仍有著積極的指導作用。

第二節　「道法自然」「天人合一」

一、「道法自然」與弗羅斯特詩歌

　　道家思想主要起源於早期的經典巨作《老子》,莊子繼承了老子的思想,后世並稱老莊,他們是中國道家學說的創始人。老莊把道視為天地萬物的本原,是人類的內在渴求,符合人類的內在需求和希望。在《老子》一書中,「道」在很多篇章中都出現過,代表不同的含義。在一些篇章中,「道」是虛無縹緲卻又真實存在的,如《老子·二十一章》中說:「道之為物,惟恍惟惚。惚兮恍兮,其中有象;恍兮惚兮,其中有物。窈兮冥兮,其中有精;其精甚真,其中有信。自古及今,其名不去,以閱眾甫。吾何以知眾甫之然哉?以此。」其意是說「道」對於世間萬物來說,是恍恍惚惚不可捉摸的。「道」是如此不可捉摸,在模模糊糊中包含著可以感知的物象;它是如此恍恍惚惚,在這恍惚之間形成了物質實體;它是如此幽靜深遠,在幽靜深遠中有了精氣。

「道」的精氣是真實地存在著的，這是可以被驗證的。從古到今，「道」始終沒有消失，匯聚著世界萬物的源頭。我是如何知道世間萬物起源的呢？就是憑藉「道」。《老子‧二十五章》中說：「有物混成，先天地生。寂兮寥兮，獨立而不改，周行而不殆，可以為天地母。吾不知其名，字之曰道，強為之名曰大。」其意是說有一種東西渾然天成，它在天地產生之前就已經存在了。它無聲無形，永恆地獨立存在著，從不因外物發生改變。它循環往復地運行著，永不停息，也正因如此，它才可以被稱為天地萬物的根本。不知道它的名字，就用「道」來稱呼它，又勉強用「大」形容它。在這裡，「道」作為一種物質，是一個渾然、質樸、和諧的整體。作為世間萬物的本原，「道」存在於天地開闢之前，以虛幻飄渺的形式存在著，不會因為其他事物而改變，不會因為時間久遠而消失。在有些篇章中，「道」代表著辯證法，是世俗事務的實用指南。《老子‧二十五章》中說：「人法地，地法天，天法道，道法自然。」其意是說「人」遵從「地」的規律，「地」遵從「天」的規律，「天」遵從「道」的規律，而「道」遵從它自身的規律。事實上，不僅是「道」要遵從自然，人、天、地都要遵從自然。「道」是永恆獨立存在的，不會因為外物而改變。《老子‧五章》中說：「天地不仁，以萬物為芻狗；聖人不仁，以百姓為芻狗。」其意是說天地對待萬物就像對待芻狗一樣，不會對誰有任何的偏愛；聖人對待百姓也會像對待芻狗一樣，不會對哪個人有所眷顧。老子認為天地對萬物一視同仁，無所謂愛憎，也無所謂恩怨。萬物的運動、變化、發展都是按照自然規律而運行，天地並不對其進行干涉。同樣，聖人治理社會，也是遵循著天道運行的規律，清靜無為，公平地對待百姓，並無偏愛或嫌棄。

和老莊一樣，弗羅斯特把宇宙自然當做他的研究客體。新英格蘭農場生活是他最喜歡的主題。但他告誡那些認為新英格蘭農場生活是他全部主題的，把他純粹當做新英格蘭田園詩人的人，說：「我從新英格的角度談論宇宙……我從新英格的角度談論整個世界。」（Cook）弗羅斯特的詩歌通常開始時是對自然中事物的描述，然后引入到對人類狀況的思索上。自然成為弗羅斯特的代言人，通過自然，可以看到弗羅斯特所秉持的「道法自然」觀。弗羅斯特的詩歌通常充滿了自然元素。然而這些自然元素並不僅僅是為了藝術上的美感，它們傳達著弗羅斯特對自然的看法，正如老子所再三闡釋的自然以其自身的方式運行，有其內在的規律。在《金子般的光陰永不停留》（「NOTHING GOLD CAN STAY」）中，弗羅斯特寫道：

　　大自然的新綠珍貴如金，
　　可金子般的色澤難以保存。

> 初綻的新芽婉若嬌花，
> 但花開花謝只在一剎那。
> 隨之嫩芽便長成綠葉，
> 樂園也陷入悲涼淒惻。
> 清晨轉眼就變成白晝，
> 金子般的光陰永不停留。（普瓦里耶，理查森 289）

詩中「大自然的新綠」的出現讓詩中人覺得珍貴，這是一種成長和希望的趨向。但這種幸福不能持續很久，詩中人得面對衰敗的悲傷。《老子・四十章》中說「反者道之動」，其意是說朝著相反的方向變化發展，是「道」的運動規律。此詩中這些變化的趨向「新綠」「新芽」「綠葉」等代表著自然規律。世界上的萬事萬物都在變化發展，都經歷著出生、成長和衰亡。自然以其自身的方式變化，如日出日落、時間流逝、季節循環。世間萬物都具有矛盾性，而只要矛盾的雙方發展到極限，就都會朝著相反的方向轉化，這就是「道」運行的規律，也是自然之規律。為此我們要懂得珍惜時間，珍惜每一個過程中的美好，順應自然。

二、「天人合一」與弗羅斯特詩歌

在人與自然關係問題上，道家思想的創始人老子及其繼承者莊子和弗羅斯特有著共識。道家推崇的一種自然觀是「天人合一」，意指人類與天地、自然萬物的合一。老子是道家學派的鼻祖，《老子》通篇滲透著「天人合一」的思想。老子認為，宇宙間的萬物都起源於「道」，道不僅是天地萬物的本原，也是天地萬物運動生滅的總規律。《老子・四十二章》中說「道生一，一生二，二生三，三生萬物」，人類只是自然界的萬物之一，是自然界的一部分，因此《老子・二十五章》中說「人法地，地法天，天法道，道法自然」。《莊子・齊物論》中說「天地與我並生，而萬物與我為一」。天地萬物本出一源，萬事萬物沒有根本區別。人類看似有千差萬別的品德、稟性、情感等，其實質是世間萬物都是統一的，都是自然的造化。《莊子・秋水》借北海若之口說「以道觀之，物無貴賤」。萬物皆與人類平等，無高低貴賤之分，人類只有遵循大自然的規律，做到包容萬物，平等對待自然中的其他存在物，才能與自然和諧相處，呈現「天人合一」的狀態。

和老莊一樣，弗羅斯特認為，人類與自然是平等的，人類應當敬畏自然，善待自然，才能實現人類與自然的和諧，從而實現「天人合一」。在《小河西

流》(「WEST-RUNNING BROOK」)中,詩人寫道:

> 嗨,我親愛的,
> 那團浪花是在避開這突出的河岸。
> (黑色的河水被一塊暗礁擋住,
> 於是回流湧起了一團白色的浪花,
> 白色浪花永遠在黑色水流上翻湧,
> 蓋不住黑水但也不會消失,就像
> 一只白色的小鳥,一心要讓這黑河
> 和下游那個更黑的河灣有白色斑點,
> 結果它白色的羽毛終於被弄皺,
> 襯著對岸的檀木叢像一塊白色頭巾。)
> 我是想說,自從天底下有河流以來,
> 那團浪花就在避開這突出的河岸。
> 它並不是在向我們招手。(普瓦里耶,理查森 331-332)

「自從天底下有河流以來,/那團浪花就在避開這突出的河岸。/它並不是在向我們招手。」弗羅斯特在此暗示人類並非萬物之王,自然與人類是平等的,都有其自身存在和運行的方式,並不是一切都以人類為中心,服務於人類。接下來,詩人寫道:

> 我們生命的跌落托起時鐘。
> 這條小河的跌落托起我們的生命。
> 太陽的跌落托起這條小河。
> 而且肯定有某種東西托起太陽。
> 正因為有這種逆流而上、迴歸源頭
> 的向後運動,我們大多數人才在
> 自己身上看到了歸源長河中的貢品。
> 我們實際上就是從那個源頭來的。
> 我們幾乎全是。(普瓦里耶,理查森 333)

弗羅斯特在此暗示肯定還有更高層的某種東西托起太陽,但顯然不是人類。弗羅斯特把人類置於低於小河(自然的象徵)的層面上,表明他認為人類並沒有比自然中其他存在物高人一等,人類應當敬畏自然。這是對長期存在的人類中心主義的有力挑戰。在十四行詩《意志》(「DESIGN」)中,弗羅斯特發現了一只白色蜘蛛黑夜在萬靈草上布網殺了一只白色飛蛾,詩人納悶:

> 是什麼使那朵小花兒枯萎變白，
> 還有路邊那無辜的藍色萬靈草？
> 是什麼把白蜘蛛引到萬靈草上，
> 然后又在夜裡把白蛾引到那兒？
> 除邪惡可怕的意志外會是什麼？
> 沒想到意志連這般小事也支配。（普瓦里耶，理查森 383）

萬靈草通常都是藍色的，由於某種未知原因，變成了白色，從而被白色蜘蛛利用來誘惑飛蛾。這些巧合似乎被大自然中一種神祕的意志所控制，詩人推斷意志連這般小事也支配，那肯定有某種超出人類理解的意志在控制著宇宙。儘管詩人無法測知它的意圖，但明白人類的命運也像蜘蛛和飛蛾一樣被它支配著。弗羅斯特在詩歌中還告訴我們要善待自然。例如，在《藍漿果》（「BLUE-BERRIES」）中詩人敘述了藍漿果養活了洛倫一家人，點明主明，要善待自然，「只索取大自然願意給予的東西，不用犁杖釘耙去強迫大自然給予」。

> 「你早該見過我今天在路上看見的，
> 就在穿過帕特森牧場去村裡的路上；
> 一粒粒藍漿果有你的拇指頭那麼大，
> 真正的天藍，沉甸甸的，就好像
> 隨時準備掉進第一個採果人的桶中！
> 所有的果子都熟透了，不是一些青
> 而另一些熟透！這你早該見過了！」
> 「我不知你在說牧場上哪個地方。」
> 「你知道他們砍掉樹林的那個地方——
> 讓我想想——那是不是兩年前的事——
> 不可能超過兩年——接下來的秋天
> 除了那道牆一切都被大火燒得精光。」
> 「嗨，這麼短時間灌木叢還長不起來。
> 不過那種藍漿果倒總是見風就長；
> 凡是在有松樹投下陰影的地方，
> 你也許連它們的影子也見不到一個，
> 但要是沒有松樹，你就是放把火
> 燒掉整個牧場，直到一叢蕨草
> 一片草葉也不留，更不用說樹枝，

可眨眼工夫，它們又長得密密茂茂，
就像魔術師變法戲叫人難以猜透。」
「它們結果時肯定吸收了木炭的養料。
我有時嘗出它們有一股炭芬的味道。
說到底它們的表面實際上是烏黑色，
藍色不過是風吹上去的一層薄霧，
你只要伸手一碰藍光就無影無蹤，
還不如摘果人曬紅的臉可保持幾天。」
「你認為帕特森知道他地裡有漿果嗎？」
「也許吧，可他不在乎，就讓棕肋鶇
幫他採摘——你瞭解帕特森的為人。
他不會用他擁有那片牧場的事實
作為把我們這些外人趕開的理由。」
「我真驚訝你沒看見洛倫在附近。」
「可笑的是我看見了。你聽我說，
當時我正穿過牧場藏不住的漿果叢，
然后翻過那道石牆，走上大道，
這時他正好趕著輛馬車從那兒經過，
車上是他家那群嘰嘰喳喳的孩子，
不過當父親的洛倫是在車下趕車。」
「那麼他看見你了？他都做了什麼？
他皺眉頭了嗎？」
「他只是不停地衝我點頭哈腰。
你知道他碰上熟人時有多麼客氣。
但他想到了一件大事——我能看出——
實際上他的眼神暴露了他的心思：
『我想我真該責備自己把這些漿果
留在這兒太久，怕都熟過頭了。』」
「他比我認識的好多人都更節儉。」
「他似乎很節儉；可難道沒必要，
有那麼多張小洛倫的嘴巴要喂？
別人說那群孩子是他用漿果喂大的，
就像喂鳥。他家總會儲存許多漿果，

第三章　道家哲學視角下的弗羅斯特詩歌 | 61

一年到頭都吃那玩意兒，吃不完的
他們就拿到商店賣錢好買鞋穿。」
「誰在乎別人說啥？那是種生活方式，
只索取大自然願意給予的東西，
不用犁杖釘耙去強迫大自然給予。」
「我真希望你也看見他不停地哈腰
和那些孩子的表情！誰也沒調頭，
全都顯得那麼著急又那麼一本正經。」
「我要懂得他們懂得的一半就好了，
他們知道野漿果都長在什麼地方，
比如蔓越橘生在沼澤，薦莓則長在
有卵石的山頂，而且知道何時去採。
有一天我遇見他們，每人把一朵花
插在各自提的鮮靈靈的漿果中；
他們說那種奇怪的漿果還沒有名字。」
「我告訴過你我們剛搬來的時候，
我曾差點讓可憐的洛倫樂不可支，
當時我偏偏就跑到了他家門前，
問他知不知道有什麼野果子可摘。
那個騙子，他說要是他知道的話
會樂意告訴我。但那年年景不好，
原本有些漿果樹——可全都死了。
他不說那些漿果原本長在哪兒。
『我肯定——我肯定——』他無比客氣。
他對門裡的妻子說，『讓我想想，
當媽的，我們不知道何處能採果子？』
他當時能做到的就是沒有露出笑臉。」
「要是他以為野果子都是為他長的，
那他將發現自己想錯了。聽我說，
咱倆今年就去摘帕特森牧場的漿果。
我們一大早就去，如果天氣晴朗，
出太陽的話，不然衣服會被弄濕。
好久沒去採漿果，我幾乎都忘了

> 過去咱倆常干這事；我們總是先
> 四下張望，然后像精靈一般消失，
> 誰也看不見誰，也聽不到聲音，
> 除非當你說我正使得一只小鳥
> 不敢回巢，而我說那應該怪你。
> 『好吧，反正是我倆中的一個。』小鳥
> 圍著我打轉抱怨。然后一時間
> 我們埋頭摘果，直到我擔心你走散，
> 我以為把你弄丟了，於是扯開嗓門
> 大喊，想讓遠處的你聽見，可結果
> 你就站在我身邊，因為你回答時
> 聲音低得像是在閒聊。還記得嗎？」
> 「我們可能享受不到那地方的樂趣——
> 不大可能，如果洛倫家孩子在那裡。
> 他們明天會去那兒，甚至今晚就去。
> 他們會很禮貌——但不會很友好——
> 因為他們認為在他們採果子的地方
> 別人就沒有權力去採。但那沒啥。
> 你早該看見了它們在雨中的模樣，
> 層層綠葉間果子和水珠交相輝映，
> 小偷若看花眼會以為是兩種寶石。」（普瓦里耶，理查森 84-89）

在《採樹脂的人》（「THE GUM-GATHERER」）中，詩人暗示向自然過分索取是錯誤的。

> 他讓我看那些芳香的樹脂塊，
> 它們像尚未雕琢的寶石。
> 它們的顏色在齒間呈粉紅，
> 可在上市之前卻是金黃。
>
> 我告訴他那是一種惬意的生活：
> 終日在陰暗的林間樹下，
> 讓樹皮貼近你的胸膛，
> 伸出你手中的一柄小刀，
> 將樹脂撬下，然后採下，

高興時則帶著它們去市場。(普瓦里耶,理查森 187)

詩人和採樹脂的人之間的對話告訴我們詩人認為採樹脂的人懂得適度利用自然,善待自然,他用「一柄小刀」去撬樹脂,而不會貪婪地把樹脂全部撬完,那樣會破壞自然的再生能力,也毀了自己的謀生之道,正如《老子‧四十六章》中所說:「禍莫大於不知足,咎莫大於欲得。故知足之足,常足矣。」因此,人類不能太短見,要知足,要珍視人類與自然之間的和諧,敬畏自然,善待自然,共建天人合一的美好境界。

總之,在人與自然關係方面,老莊非常重視人與自然關係的協調、和諧。老莊認為人類與萬物具有同源性和同構性,都是從「道」那裡衍生出來的。萬物與人類都是平等的,因此人類既要重視人性也要重視「物性」,以免出現萬物莫不失其性,引起自然秩序的紊亂,人類生存環境的失調。人類在從自然界索取資源時,要適可而止,不要恣意妄為,正如《老子‧六十四章》所說:「以輔萬物之自然,而不敢為。」其意是說要輔助萬物以其自然的本性發展變化,而不敢恣意妄為。只有把宇宙萬物看成一個生命系統,重視人類生存環境和生態環境的保護,才可能實現「天人合一」。通過從道家思想的角度解讀弗羅斯特的詩歌,我們可以發現弗羅斯特認為人類與自然是平等的,自然事物不僅僅是客觀事物,而且是客觀存在。像人類一樣,自然萬物皆有靈性(黃宗英)。人類應當敬畏自然,善待自然,才可能實現人類與自然的和諧,這與道家的「天人合一」如出一轍。

第三節 「無為」「絕聖棄智,絕仁棄義」

一、「無為」與弗羅斯特詩歌

在生態危機日益嚴峻的今天,人與自然、人與社會的關係不斷惡化,如何維持人與自然、人與社會的和諧相處之道,維護生態平衡,促進現代人身心的健康發展,研讀思索弗羅斯特的「無為」意識對我們有著重大的啟示。弗羅斯特是 20 世紀美國最著名的自然詩人,他的思想深受超驗主義先驅愛默生的影響,而愛默生又深受「道家為體、儒家為用」思想的影響,從而使弗羅斯特的作品與道家思想結下了不解之緣。儘管沒有確切的證據說明弗羅斯特直接受到了道家思想的影響,但他的作品卻閃爍著道家思想的熠熠光輝。弗羅斯特從人與自然的關係入手,引領人們認識到如果人類要幸存,「無為」應是人類

對待自然最安全的態度。人類應當順應自然，適度利用自然，恢復自然原貌，盡可能地少干涉自然；統治者應當順其自然，遵循民意，不妄為，這與道家的「無為」如出一轍。「無為」是道家哲學的基本觀點，是指順其自然而不加以人為干涉。這起源於道家理念——世界萬物皆順其自然而發展，任何外在的干涉都是完全沒有必要的，有些甚至是有害的。「無為」可以從個人層面上來理解，也可以從政治層面上來理解。從個人層面上來說，「無為」意指把人類當作大自然的一部分，盡可能少地干涉環境，順其自然而不加以人為干涉，而「人為」則含有不必要的作為和強作妄為的意思；從政治層面上來說，「無為」是指統治者應當盡可能地少干預百姓，不把自己的意願強加於百姓，順其自然。在老子生活的時代，社會動盪不安，統治者為了滿足自己的私慾，政令頻出，對人們的管理異常嚴格，老百姓苦不堪言。在這種情況下，老子希望統治者「無為」，讓人們自我教育，自我發展，自我實現，從而使人們安居樂業，社會和諧穩定。本節通過對道家創始人老子和莊子「無為」思想的闡釋，從個人層面上的「無為」和政治層面上的「無為」這兩個方面來探討「無為」在弗羅斯特思想中的呈現及其啟示，引領人們意識到弗羅斯特並不是一個純粹的自然詩人，他的思想與道家思想有著異曲同工之妙。通過從「無為」角度管窺弗羅斯特思想與道家思想的相似之處，讓人們感知中國文化對世界文化的深刻影響，同時也為人們借鑑中西方優秀文化遺產，來舒緩當今世界日益嚴峻的生態和精神危機，促進環境保護與和諧社會的發展助上一臂之力。

(一) 個人層面上的「無為」在弗羅斯特思想中的呈現及其啟示

個人層面上的「無為」在老子那裡意味著「道法自然」。「無為即自然」是道家哲學的基本觀點。道家將「道」視為宇宙之本，而道之本性是「常無為而無不為」。其意是說「道」常常是「無為」的，但是正因如此，才使它無所不為。「道」作為世間萬物的本原，創造了世間萬物，卻不對其進行主宰，而是任其自然地發展，從而達到了「無不為」的結果。道家的另一重要創始人莊子發展了老子的理論，把「無為」當作至高無上的教義，《莊子·至樂》寫道「吾以無為誠樂矣」，認為真正的快樂是無為，還提出「天無為以之清，地無為以之寧，故兩無為相合，萬物皆化」。其意是說蒼天無為所以清虛明澈，大地無為所以沉重寧寂，天與地的兩個無為結合在一起，萬事萬物開始變化生長，任何對自然的美化都是破壞。《莊子·應帝王》以一則寓言闡明了這一點：「南海之帝為儵，北海之帝為忽，中央之帝為渾沌。儵與忽時相遇於渾沌之地，渾沌待之甚善。儵與忽謀報渾沌之德，曰：『人皆有七竅以視聽食

息，此獨無有，嘗試鑿之。』日鑿一竅，七日而渾沌死。」莊子通過這則寓言想告訴大家人類的行為只會讓大自然窒息，從而使人類也陷入災難之中。他倡導人類應當擺脫世俗的束縛，順其自然，讓大自然按照自然規律去發展。

弗羅斯特認為人類從自然界索取資源時不能貪得無厭。弗羅斯特在一封信中寫道「大自然慷慨地給我們提供了食物，但我們如果要幸存下了，我們的劫掠需要得到限制。」(Cox, Sidney) 在詩歌《藍漿果》(「BLUEBERRIES」)中作者闡明了：

　　只索取大自然願意給予的東西，
　　不用犁杖釘耙去強迫大自然給予。(普瓦里耶，理查森87)

在談及人類的存在與奉獻時，弗羅斯特在詩歌《仁慈假面具》(「A MASQUE OF MERCY」) 中借用敘述者基普爾的話語說：

　　怕我們的犧牲，我們必須奉獻的
　　精華（不是糟粕也不是比較好的，
　　而是我們最好的，是我們的精華，
　　是我們像約拿一樣獻出的生命），
　　我們在戰爭與和平中獻出的生命，
　　在上帝眼中會被發現不值得接受。(普瓦里耶，理查森573)

在這首詩歌中，弗羅斯特想告訴人們從宇宙的運行來看，沒有任何事情值得我們的犧牲，即便是那些表面上看似為了實現遠大目標而犧牲性命也是毫無意義、微不足道的。弗羅斯特「不願致力於任何明確的目的論，給出有關為何人類是那樣，以及人類應當怎樣做的定論」的態度顯露無遺（Nitchie, George W）。莊子把追求名聲而獻身的君子與追求富貴而喪生的利祿小人等同視之。《莊子‧駢拇》寫道：「彼其所殉仁義也，則欲謂之君子；其所殉貨財也，則俗謂之小人，其殉一也。」為此，《莊子‧應帝王》寫道：「無為名屍，無為謀府；無為事任，無為知主。」其意是說不要成為名譽的載體，不要成為謀略的寓所；不要以世事為負擔，不要以智慧為主宰，要破除一切功利欲念，順其自然，任其所能。弗羅斯特在此的態度與莊子的「無為」有著異曲同工之妙。

在弗羅斯特的詩歌《接受》(「ACCEPTANCE」) 中，詩人表達了強烈的順從願望。

　　當疲憊的太陽把余暉拋給晚霞
　　讓自己滾燙的身子被海灣擁抱，

> 大自然靜寂無聲，誰也不驚詫
> 所發生的事。至少鳥兒們知道
> 這不過是白天逝去，黑夜降臨。
> 某只鳥會在心中悄悄咕噥兩句，
> 然后便開始閉上它暗淡的眼睛；
> 某只鳥也許離巢太遠無處可栖，
> 便匆匆飛臨它熟悉的一片樹林
> 及時在一棵它記得的樹上降下。
> 它頂多會想或輕聲說：「安全了！」
> 現在就讓夜的黑暗把我籠罩吧！
> 讓夜黑得叫我看不見未來的景象。
> 讓未來應該是什麼樣就是什麼樣。（普瓦里耶，理查森 320）

弗羅斯特甚至希望退化成追尋直覺的鳥，它的精神狀態和行為方式是「無為」的極好例子，把即將來臨的黑夜當成避免看見未來過多理性的屏障，隨遇而安，安全而舒適。在詩歌結尾的頓悟「讓未來應該是什麼樣就是什麼樣」中弗羅斯特的精神得到了升華，也就是說他會「無為」，遵循自然規律，讓大自然以自己的方式運轉，一切順其自然。

在《大概有些地方》（「THERE ARE ROUGHLY ZONES」），弗羅斯特對人類按照自身的意願改造大自然的野心表示懷疑。

> 我們坐在屋子裡談論屋外的嚴寒。
> 每一陣聚足力量的狂風對這幢房子
> 都是一次威脅。但房子已久經考驗。
> 我們想到那棵樹。要是它不再長葉，
> 那我們應該知道它一定是死在今晚。
> 我們承認對桃樹來說這裡過於偏北。
> 人到底怎麼啦，這是氣魄還是理智——
> 他的生存環境可以不受任何局限？
> 你常常說人類的野心注定要擴展，
> 一直擴展到每一種生物的北極地區。
> 為什麼人的天性這麼難改，竟不知
> 雖然在是非之間沒有一條明確界線，
> 但大概有些地方的法則卻必須服從。

第三章 道家哲學視角下的弗羅斯特詩歌 | 67

實際上今晚我們對那樹已無能為力，
　　但我們禁不住有幾分被出賣的感覺，
　　恰好在天氣冷得砭人肌骨的時候，
　　西北風偏偏又如此凶狂，不留情面。
　　那棵樹沒有葉片，也許不再會有。
　　要知道結果我們得一直等到春天。
　　但要是它已注定不會再綻出新芽，
　　它有權譴責人心無限制這一特點。（普瓦里耶，理查森 386-387）

　　桃樹本應生長在溫暖的南方，現被移植到了寒冷的北方，當冬天來臨時，種植者極為擔心。弗羅斯特對桃樹的遭遇表示同情並沉思種植者這一行為的意義和道德。這首詩展現了一個困境：一方面，種植者的努力值得成功；另一方面，這種成功也許建立在違反自然規律的基礎之上。「他不確定是對追求感到崇敬還是對野心表示批判。」（Marcus, Mordecai）從倫理的角度來確定對錯，或「無為」與「有為」之間的界限，對弗羅斯特來說似乎是一件很糾結的事情，正如詩中人在該詩中所說的：「你常常說人類的野心注定要擴展，／一直擴展到每一種生物的北極地區。／為什麼人的天性這麼難改，竟不知／雖然在是非之間沒有一條明確界線，／但大概有些地方的法則卻必須服從。」

　　《暴露的鳥窩》（「THE EXPOSED NEST」）也含蓄地告誡我們不要去干涉自然秩序。

　　過去你總是能發現新的遊戲。
　　所以那次我看見你趴在地上
　　在新割下的牧草堆裡忙乎時，
　　我還以為你是要把草重新豎起，
　　於是我過去，若你真想那樣做，
　　我會教你怎樣讓草迎風豎立，
　　要是你求我，我甚至會幫你
　　假裝讓草重新生根重新生長。
　　可那天你並非在玩什麼遊戲，
　　你真正關心的也不是那些草，
　　儘管我發現你手裡盡是干枯的
　　蕨草、六月禾和變黑的紅花苜蓿。
　　地上是一個擠滿小鳥的鳥窩，

割草機剛剛從那裡咀嚼而過
（它沒嘗嘗肉味真是個奇跡）
把無助的小鳥留給了灼熱和陽光。
你想使它們馬上恢復正常，想把
什麼東西隔在它們的視線和
這個世界之間——辦法會有的。
我們每次移動那窩小鳥，它們
都直起身來仿佛把我們當做媽媽，
當做那個遲遲不回家來的媽媽，
這使我問，那鳥媽媽會回來嗎，
遭此變故之后它還會關心它們嗎，
我們管這閒事會不會使它更害怕。
那是一件我們沒法等到答案的事。
我們看到了行善要擔的風險，
但儘管做這件善事也許會有害，
我們卻不敢不盡力去做；於是
建起了屏障，還給了小鳥陰涼。
我們想知道結果。那為何後來
不再提那事？我們忙於其他事情。
我記不得——你記得嗎——
我們在任何時候回過那地方
去看小鳥是否活過了那天晚上，
看它們最后是否學會了用翅膀。（普瓦里耶，理查森 147-148）

這首詩是關於一群從割草機下幸存下來的小鳥暴露在灼熱的陽光之下，作者感覺不安而去幫助小鳥修建鳥窩，但又害怕這樣的幫助也許會產生負面的效果，給小鳥帶來傷害。「這使我問，那鳥媽媽會回來嗎，/遭此變故之后它還會關心它們嗎，/我們管這閒事會不會使它更害怕。」對於作者來說，遵循自然規律，讓萬物自求生存似乎更為合適。「對弗羅斯特來說『無為』一定是我們對於我們不能理解的事物所採取的最安全，最有益的態度。」（Nitchie, George W）「根據弗羅斯特的價值觀，人類最主要的錯誤就是違反自然或自然進程；至少這樣會使人類處於險境。」（Nitchie, George W）

個人層面上的「無為」意識啟示我們，人類作為大自然的一部分，沒有權利去干涉、改造自然。人類應當維護與自然平衡和諧的整體關係，盡可能地

少干涉自然，因為一旦這種關係被破壞，生態平衡的良性循環就會瓦解。弗羅斯特與道家思想中的「無為」思想其要旨都是順其自然，使萬物都能「安其性命之情」，使一切生命都能得到安頓。如何才能「安其性命之情」？從人與自然的關係來說，人類不應該在大自然面前胡作妄為，一定要保護好生態環境，使萬物保持固有的天性。老莊和弗羅斯特都看到了，隨著社會的發展，人類向自然界索取的能力大大加強，對自然界的破壞也大大加劇，以至於出現《莊子·在宥》所述：「上悖日月之明，下爍山川之精，中墮四時之施，惴耎之蟲，肖翹之物，莫不失其性。」因此，人類作為宇宙萬物之一，要保護好生態，這既是自身生存的需要，也是和大自然存在血肉之情的必然。人類在向自然界索取資源的同時，也要注重保護自然，實現人與自然的和諧，共建天人合一的美好境界。

（二）政治層面上的「無為」在弗羅斯特思想中的呈現及其啟示

從政治層面上來說，「無為」是指統治者應當盡可能地少干預百姓，不要把自己的意願強加於百姓之上，順其自然。《老子·六十四章》寫道「是以聖人欲不欲，不貴難得之貨；學不學，復眾人之所過。以輔萬物之自然，而不敢為。」其意是說因此聖人向往其他人所不向往的東西，也不看重那些很難得到的貨物；學習別人所不學習的東西，補救眾人所犯的過錯。他們用這些來輔助萬物以其自然的本性發展變化，而不敢恣意妄為。老子通過這句話想告訴統治者，要順應事物發展的規律，不要肆意妄為。《老子·七十五章》寫道：「民之難治，以其上之有為，是以難治。」其意是說人民之所以難於統治，是因為統治者經常恣意妄為，因此人民才難於統治。「無為」是相對「有為」而言的，其本意是指「不敢為」，不加干預。所謂「有為」，是指統治者強作妄為，強加個人意願於百姓之上。在《老子·五十七章》中，老子進一步闡釋了他的「無為而治」思想：「我無為，而民自化；我好靜，而民自正；我無事，而民自富；我無欲，而民自樸。」其意是說統治者不恣意妄為，百姓就自然而然地順化了；統治者愛好清靜無為，百姓就自然端正自身，走上正軌了；統治者不恣意妄為，百姓自然就富足了；統治者沒有私心貪欲，百姓自然也就淳樸厚道了。《老子·二章》寫道：「是以聖人處無為之事，行不言之教。萬物作焉而不辭，生而不有，為而不恃，功成而弗居。」其意是說因此聖人無為而治，不用命令、條規約束百姓，而是用親身實踐的方式潛移默化地引導百姓；使萬物順其自然各自生長而不加以干涉，促成了萬物的產生卻不佔有萬物，促成了萬物的生長卻不倚仗這個而希望有所回報，成就了非凡功績卻不居功自傲。老

子藉此想提醒統治者要順應民意，無為而治，以「無為」而至於「無不為」。老子在這裡所說的「無為」指的並不是無所作為，而是指順應自然規律，不勉強作為。《老子・五章》寫道：「天地不仁，以萬物為芻狗；聖人不仁，以百姓為芻狗。」其意是說天地對待萬物就像對待芻狗一樣，讓萬物按照自然的規律運行發展，不會對誰有任何的偏愛；聖人對待百姓也會像對待芻狗一樣，不會對哪個人有所眷顧。老子借此闡述了他的政治思想，旨在勸告統治者以清靜無為、順其自然的態度對待百姓。他認為天地對萬物一視同仁，無愛憎恩怨。萬物春生夏長，不是天地愛惜它們；秋收冬藏，也不是天地憎惡它們。萬物的運動、變化、發展都是按照自然規律而運行，天地並不對其進行干涉。同樣，聖人治理社會，也要遵循著天道運行的規律，清靜無為，公平地對待百姓，無偏愛或嫌棄。老子「無為而治」的思想在《老子・二十三章》表述為「希言自然」，其意是指統治者應當少發號施令，順應自然，無為而治；在《老子・四十五章》表述為「清靜為天下正」，其意是指清靜無為就可以做天下的首領；在《老子・六十章》表述為「治大國，若烹小鮮」，其意是指治理國家就像烹飪小魚一樣謹慎，清靜無為，減少對百姓的過度干預，任其自由發展。莊子進一步發展了老子「無為而治」的思想，也就是「順物自然而無容私焉」的主張。《莊子・應帝王》寫道：「汝遊心於淡，合氣於漠，順物自然而無容私焉，而天下治矣。」其意在提醒統治者保持恬淡的心境，與清靜無為的境域交合形氣，順應事物自然地發展而心中不懷絲毫私心，這樣天下就能夠得到治理了。接下來，莊子還以明王之治來展開論述，突出「使物自喜」「化貸萬物」的無為而治。《莊子・應帝王》寫道：「明王之治，功蓋天下而似不自己，化貸萬物而民弗恃；有莫舉名，使物自喜；立乎不測，而遊於無有者也。」其意是說聖哲之王治理天下，功績普蓋天下卻好像不是自己的努力，教化萬物和百姓卻不會感到有所依賴；有功德卻不稱述，使萬物各得其所怡然自得；他立足於高深莫測的神奇境界，而在什麼都不存在的世界中生活。莊子借此提醒統治者只有實行無為而治，順其自然，順應民情，行不言之教，才能使百姓自生自化，安寧質樸地生活。

　　當我們閱讀弗羅斯特有關政治的詩歌時，我們發現他的思想與道家政治層面上的「無為」非常相似。弗羅斯特在《培育土壤——一首政治田園詩》(「BUILD SOIL—A political pastoral」) 中寫道：

　　　　唷，提蒂魯斯！你肯定把我忘了。
　　　　我是梅利波斯，那個種土豆的人，
　　　　你曾同我談過話，你還記得嗎？

第三章　道家哲學視角下的弗羅斯特詩歌　71

很多年以前，恰好就在這個地方。
時世艱難，我一直為生計而奔波。
我已被迫賣掉我河邊低地的農莊，
在山上買了座價錢便宜的農場。
那是個前不巴村後不著店的地方，
只有適合牧羊的樹林子和草場。
不過牧羊是我下一步要干的行當。
我再也不種土豆了，才三十美分
一蒲式耳。就讓我牧羊吧。
我知道羊毛已跌到七美分一磅。
不過我並沒打算出售我的羊毛。
我也不曾賣土豆。我把它們吃了。
以后我就穿羊毛織物並吃羊肉。
繆斯照顧你，讓你以寫詩為生，
你以農場為題材並把那叫做農耕。
哦，我沒責備你，只說日子輕鬆。
我也該輕鬆過，只是不知怎樣輕鬆。
但你該對我們勞動者表示點同情。
干嗎不用你一個詩人作家的天賦
為我們的農場向城裡人做點廣告，
不然就寫點什麼來提高食品價格，
或者寫首詩來談談下一屆選舉。
啊，梅利波斯，我倒真有點兒想
用我手中的筆來談談政治問題。
千百年來詩歌一直都注意戰爭，
可何為戰爭呢？戰爭就是政治——
由痼疾變成暴病的血淋淋的政治。
提蒂魯斯，我的感覺也許不對，
但我覺得這革命的時代似乎很糟。
問題是這時代是否已陷入絕望的
深淵，竟然認為詩歌完全有理由
脫離愛的更迭——歡樂與憂傷
脫離季節的輪迴——春夏秋冬，

脫離我們古老的主題,而去判斷
難以判斷的誰是當代的說謊者——
當在野心的衝突中大家都同樣
被叫做說謊者時,誰是頭號騙子。
生活可能充滿悲劇,十分糟糕,
我會鬥膽如實敘述生活,可我敢
指名道姓地告訴你誰是壞人嗎?
《艾爾森船長》的命運令我害怕,
還有許多碰上華盛頓的人的命運
(他曾坐下來讓斯圖爾特為他畫像,
但他也曾坐下來制定合眾國憲法)。
我喜歡穩穩當當地寫些典型人物,
一些綜合了典型特點的想像的人物,
以此證明有邪惡的化身這種東西,
但同時也請求免去我一項義務,
別讓我當陪審員去說那聲「有罪」
我懷疑你是否相信這時勢不妙。
我眼睛總盯著國會,梅利波斯。
議員們所處的位置比我們的都好,
所以任何事情要出錯他們都知道。
我的意思是說他們完全值得信賴,
要是他們認為地球要更換地軸,
或是某個天體正開始使太陽膨脹,
他們肯定會提前給我們發出警報。
可眼下他們就像課間休息的孩子,
在院子裡玩的時間長如他們的會期,
他們的遊戲和比賽還沒組織起來,
正各自嚷著要玩捉迷藏、跳房子、
抓俘虜或玩跳背——一切太平。
就讓報紙去聲稱害怕大難臨頭吧!
沒什麼不祥之兆,這點我放心。
你認為我們需要社會主義嗎?
我們已經有了。因為社會主義

在任何政體中都是個基本成分。
天下並沒有什麼純粹的社會主義,
除非你把它視為一種抽象的概念。
世上只有民主政體的社會主義和
專制統治的社會主義——寡頭政治,
后者似乎就是俄國人擁有的那種。
通常專制統治中這種成分最多,
民主政體中最少。我壓根兒不知
純粹的社會主義為何物。沒人知道。
我不懷疑那就像是用抽象的哲理
把各種不同的愛統統解釋成一種——
一種肉體和靈魂的不健全狀態。
感謝上帝,我們的習俗使愛分離,
這樣在朋友相聚之處,在養狗之處,
在女人和牧師一起祈禱的地方,
我們就避免了陷入尷尬的境地。
世間沒有純粹的愛,只有男女之愛、
兒孫之愛、朋友之愛、上帝之愛、
神聖之愛、人類之愛、父母之愛,
當然這還只是大致地加以區分。
詩歌本身也會再次重歸於愛。
請原諒我這樣比擬,梅利波斯,
它使我遠離主題。我說到哪兒啦?
可你不認為該更加社會所有化嗎?
你的社會所有化意味著什麼呢?
為人人謀幸福——比如發明創造——
應該使我們每個人都從中受益——
而不僅僅是那些搞開發的大公司。
有時候我們只能從中深受其害。
照你的意思來說,野心已經被
社會所有化了——被嘗試的第一個
習性。接下來也許就該是貪婪。
但習性中最糟的一種還沒受到限制,

還沒社會所有化，這就是發明能力，
因為它並不為卑鄙的自我擴張，
它僅僅只為它自己盲目的滿足
(在這點上它與愛和恨完全一樣)，
結果它的作用對我們是有利有弊。
甚至在我倆說話時，哥倫比亞大學
的某位化學家就正在悄悄地發明
用黃麻制羊毛，而他一旦成功，
成千上萬的農場主將失去羊群。
每一個人都為自己要求自由，
男人要愛的自由，商人要貿易自由，
作家空談家要言論和出版自由。
政治野心早已經受到過教訓，
遭到過迎頭痛擊，它並不自由，
在有些事上它得體面地有所節制。
貪婪也受到過教訓，要稍稍克制，
但在我們了結它之前它還需教訓。
只有白痴才以為貪婪會自己收斂。
但我們無情的抨擊曾教訓過它。
人不可讓自己的野心無限膨脹，
亦不可任其發明能力盡情施展，
不可，若要我說的話。發明能力
應該受到限制，因為它太殘酷，
會給毫無準備的人帶來意外的變化。
我就推舉你來對它加以限制。
我要是獨裁者，就會告訴你該咋辦。
你會咋辦呢？
我會讓萬事萬物都順其自然，
然后把功勞成就都歸於其結果。
你會成為一種安全第一的獨裁者。
別讓我說的對我自己不利的話
誘使你採取反對我的立場，
不然你也許會和我一道陷入麻煩。

梅利波斯，我不怕預言未來，
而且不怕接受其結果的評判。
聽好，我將冒一次最大的風險。
我們總是過於外向或過於內向。
眼下由於一種極度的擴張
我們是如此外向，以至想再次
轉為內向的可能性也微乎其微。
但內向是我們必須達到的狀態。
我的朋友們都知道我喜歡交往。
但在我喜歡交往的很久以前
我個人的性格非常非常內向。
與此相同，在我們國際化之前，
我們是民族的，我們都充當國民。
在這塊調色板上，更確切地說在這
房間周圍的盤子上，顏料尚未混合，
所以當顏料在畫布上混合之後，
其效果會顯得幾乎是專門設計的。
有些想法是那麼混亂，那麼混淆，
它們使我想起這塊調色板上的畫：
「看發生了什麼。肯定是上帝畫的。
快來看我捏的意義非凡的泥餅。」
真難說哪種混雜最令人厭惡，
是人的混雜，還是民族的混雜。
別讓我似乎要說這種交流和衝突
到頭來不可能成為生死攸關的事。
完全可能。我們會融合——我不說
何時——但我們必須為這場融合
注入我們保留的力量所能注入的
最成熟、積澱得最久、最具活力、
最具特色並最有地方色彩的東西。
提蒂魯斯，有時候我困惑地發現
商業貿易也有好處。我干嗎要
把蘋果賣給你，然後又買你的呢？

這不可能只是要給強盜們創造機會。
使他們能攔路搶劫並徵收運輸稅。
說從中得到享受，這想法又太平庸。
我估計就像與人鬥嘴或與人調情，
它會有益於健康，而且很有可能
使我們富有生氣，使我們變得完美。
走向市場是我們注定的命運。
但雖說我們終將送許多東西到市場，
有更多東西仍從不上市或不該上市；
依我之見更多的東西應該被保留，
比如說土壤——不過你我都知道
有些詩人爭先恐后地出賣土壤，
甚至把下層土和底土也送上市場。
甭說土壤，就是賣光所有的草
也是農事中一項不可饒恕的罪孽。
這教訓就是，晚一點動身去市場。
我給你說說教好嗎，梅利波斯？
說吧。我認為你已經在說教了。
但說吧，看我能不能聽出點名堂。
我不說你也知道，我的論點
並不是要把城裡人引誘到鄉下。
就讓愛土地的那些人擁有土地吧，
他們對土地愛得那麼深那麼痴，
以致他們會上當受騙，被人利用，
被商人、律師和藝術家們取笑。
可他們仍然堅持。那麼多土地
還未被利用不一定使我們不安。
我們無須試圖去將其全部占用。
這世界是個球體，人類社會則是
另一個稍稍扁平更為松軟的球體，
后者依附於前者，隨前者慢慢滾動。
我們有自己可以不被打破的圓形。

這世界的大小與我們已不再相干，
就像宇宙的大小與我們不相干一樣。
我們是球，因同一圓形之源而圓。
你我都是圓的，因為頭腦是圓的，
因為所有推論都是在圓內轉圈圈。
至少這能夠說明為什麼宇宙是圓形。
你所說的是不是一種行為方式，
而我應該按照這種方式去行事？
用循環論證的方法來進行推理？
不，我是說不要因為
土地似乎有要人去使用它的權力，
城裡人就被誘回鄉下。除了農民
別讓任何人假裝去耕種土地。
我只是作為他們中的一個對你說話。
你該回到你那座被拋棄的山區農場，
被貿易拋棄的可憐的土地，而且
不要讓任何人看見你來市場——
久久地隱居在那裡。只種植生產
你所種植生產的，並把產品消費光，
或把莊稼犁入其生長的土中做肥料，
以培育土壤。因為天下還有什麼
比貧瘠磽薄的土壤更糟糕的呢？
什麼更需要我們這類人的同情呢？
我將與你訂個契約，梅利波斯，
使每個行動每項計劃都適合於你。
我身邊的朋友都有他們的五年計劃，
這種計劃在蘇維埃俄國已成時尚。
你上我那兒來吧，我將向你展示
一個五年計劃，我這麼叫不是因為
這計劃需要十年或十一二年來完成，
而是因為構思這計劃至少需要五年。
你靠近點兒，讓我們共同商量——

若要限制貿易，先要自我限制。
你將回到你那座被拋棄的山區農場，
做我命令你做的事。不管怎麼說，
我會當心只命令你做你想做的事。
這就是我這個獨裁者的風格。
培育土壤。讓那座農場與世隔絕，
直到那農場沒法再包容其自身，
而是向外溢出葡萄酒和一點兒油。
我將回到我被拋棄的社會思想
並將盡我所能與它一道不合群。
我有的想法，我最初的衝動是
走向市場——我將把它拋棄。
來自那種想法的想法也將被拋棄。
如此這般，直到我本性的極限。
我們過於外向，如果不自己收縮
就會被迫收縮。我被培養成了
擁護州權自由貿易的民主黨人。
那是什麼？自相矛盾。似乎一個州
應有自己的法律，然而它卻不能
控制它賣些什麼或買些什麼。
假若某個說話頻率和思想頻率
都比我快的人來到我身邊，於是
我上當受騙，沉默不語，灰心喪氣，
那該怎麼辦呢？我會甘心讓他
取代我成為更經濟劃算的生產者、
更妙不可言、美不勝收的生產者嗎？
不。我會不聲不響地悄悄走開，
走得遠遠地好讓我的思緒恢復。
對我來說，與思想和食品的生產
過程相比，思想和食品毫無意義。
我曾寄給你的一首歌中有如下疊句：
讓我做那樣的人

去做已被做的事——
我的份額至少使我免於空虛無聊。
不要互相接近並不讓人互相接近。
你會看出，我這個建議的妙處是
它沒必要等待轟轟烈烈的革命。
我命令你進行一場一個人的革命——
這是即將來臨的唯一的革命。
我們相互之間是過於分不開了——
因為有貨物要賣，有想法要說。
有個青年帶著半首四行詩來找我，
問我是否認為他值得再下番功夫
寫出剩下的半首，寫出另外兩行。
我被人用來擔保年輕人在學校
公開發表的歪詩，擔保這些詩不被
疑為剽竊，並幫助欺騙他們的家長。
我們聚在一起，從互不信任中擁抱
盡可能多的愛，大家擠得太緊，
誰都難以突出。溜走吧，悄悄溜走，
那首歌唱到。溜走，呆到一邊去。
別加入太多的團伙。要加入也只
加入美利堅合眾國和你的家庭——
但除學院之外別經常腳踏兩只船。
咱倆說定了嗎，牧羊人梅利波斯？
或許吧，但你說得太快而且太多，
在你面前我的腦子簡直沒法轉動。
等我回家以後我能理會和更清楚，
從現在起一個月之后，當我砍木椿
或修籬笆之時，我將回想起當你
打斷我一生訓練的邏輯的時候，
我都想了些什麼。我同意你的看法，
我們是過於分不開了。而離開人群
回家意味著恢復我們的知覺。(普瓦里耶，理查森 400-412)

該詩是弗羅斯特寫的唯一一首長的政治田園詩。通過詩中人提蒂魯斯和梅利波斯的對話，闡明了詩人反對商業貿易和無為而治的觀點。詩中強調「我要是獨裁者⋯⋯我會讓萬事萬物都順其自然，/然后把功勞成就都歸於其結果。」「你該回到你那座被拋棄的山區農場⋯⋯做我命令你做的事。不管怎麼說，/我會當心只命令你做你想做的事。/這就是我這個獨裁者的風格。」弗羅斯特在此詩中表明如果他是統治者，他會實施無為而治，一切順其自然，遵循民意，以自然無為之道愛民，不妄為，讓人們純樸自然地按照自己的意願生活。弗羅斯特所描繪的這種「無為」狀態下的政府，統治者和百姓之間互相體諒、相安自得、怡然自樂、順其自然，從而使整個社會呈現出一種國泰民安、自然和諧的田園式理想狀態。

從人與社會的關係來說，如果統治者能做到「無為」，讓百姓自我發展，百姓就能夠平安富足，社會自然能夠和諧穩定。老子和弗羅斯特的「無為」，並不是無所作為，而是不妄為，是按照事物的自然規律，因勢利導地去做，無形中便會取得成功。所謂「無為而無不為」，是指「能夠順應自然而不妄為，就沒有什麼事情做不成」的意思。「無為」是一種處事的態度與方法，「無不為」是「無為」所產生的結果。可見，老子並不是反對發揮人的主觀能動性，他仍然鼓勵人去「為」，去努力貢獻自己的力量。同時，他又教導人不要對於努力的成果想占為己有，這就是《老子・二章》寫的「為而不恃」和《老子・八十一章》寫的「為而不爭」。無為而治不僅是治理方法，也是治理的最高境界。在國家治理和企業管理中，要使國家和企業立於不敗之地，就必須追求一種「無為而治，道法自然」的境界，管理者在決策上應「有所為，有所不為」，辨別輕重，分清主次，在「大事」上有所為，在「小事」上有所不為，在求賢上有所為，在用賢上有所不為，真正做到「用人不疑，疑人不用」，以充分調動各級管理者和員工的積極性和創造性，順應自然法則，尊重自然規律，只有這樣才能使國家和企業立於不敗之地。

綜上所述，老子、莊子的「無為」並不是指在客觀現象和社會現實面前的無能為力、無所作為，而是指不主觀臆斷，遵循自然規律，順應人性的行為。所謂「無為」是就「推自然之勢」，順物之自然，排除外在力量和主觀意志的阻礙，讓事物順其自然地發展。按現在的說法，無為就是科學、合理、積極的作為。在對待自然方面，人類作為大自然的一分子，應盡可能少地干涉自然，不能利用自己的聰明才智過度開採自然，要讓自然界萬事萬物都能「安其性命之情」。在治國方面，「無為」即指不過多干擾民眾，而任其自化。老

子、莊子提倡無為而治，反對統治者憑藉強權，按照自己的意志強行治理國家。他們認為，天下的人各不相同，天下的事物千差萬別，統治者不能按自己的意願用權力強行去干預，而應尊重客觀規律，因勢利導，順其自然。統治者只有順應自然發展規律，不恣意妄為，不妄加干涉，實行無為而治，才能實現天人合一、國泰民安的盛世景象。弗羅斯特對此持有類似的看法，他反對所處時代的主流意識形態，追求精神自由，喜歡田園生活，渴望人類與自然的和諧相處，希望人類能以「無為」的方式善待自然，遵循自然規律，不要違背自然進程，盡可能少地干涉自然，希望統治者能以「無為」的方式安邦定國，一切順其自然，無為而治，讓人們能按照自己的意願純樸地生活。通過對弗羅斯特和老子、莊子的「無為」思想進行分析，可以發現他們都倡導順應自然，讓自然按照自身規律去發展，人類應盡可能少地去干涉環境，實現人與自然的和諧；同時也告誡統治者要盡可能少地去干預百姓，順其自然，不妄為，不要把自己的意願強加於百姓之上，實現人與社會的和諧。進入無為而治既意味著人們生活的安定，思想的自由，科技、教育、文化、藝術的全面繁榮與發達，也意味著人性的復歸。無為的思想對環境的保護、國家的治理和現代企業的管理有很大的啟發。如今，人類社會已進入 21 世紀，生態環境日益惡化，國家事務的範圍、規模及其複雜程度跟老子、莊子和弗羅斯特所處時期相比，可謂天壤之別，但對待自然以及為政治國的基本原理卻沒有根本的變化，無為的思想仍具有不可忽視的現實意義。它有利於維護生態平衡，實現生態共生，對我們現在的環境保護與社會的和諧發展都具有重要的指導價值。要想解決生態環境問題，就必須保持人與自然的和諧，要想緩解人類的精神危機，就必須實現人與社會的和諧。只有採取「無為」的態度，才能真正實現人與自然、人與人、人與社會的和諧。

二、「絕聖棄智，絕仁棄義」與弗羅斯特詩歌

《老子‧二十八章》中說：「知其雄，守其雌，為天下溪。為天下溪，常德不離，復歸於嬰兒。知其白，守其黑，為天下式。為天下式，常德不忒，復歸於無極。知其榮，守其辱，為天下谷。為天下谷，常德乃足，復歸於樸。」其意是說知道自己剛強，卻保持柔弱，做天下的溪澗。做天下的溪澗，就能保持永恆的「德」而不背離，迴歸嬰兒一樣的淳樸。知道自己清楚明白，卻保持如癡如愚的狀態，做天下的楷模。做天下的楷模，就能保有永恆的「德」

而沒有差錯，迴歸無終無極的原初狀態。知道自身的榮耀，卻安守卑微，做天下的深谷。做天下的深谷，永恆的「德」就會完美，就能返璞歸真。老子在本章多次提到了「復歸」這個概念，指的就是不要讓「清規戒律」（即老子極力反對的仁、義、禮、智、信這些儒家的信條）束縛人的本性，而應當讓人們返回到淳厚質樸的自然狀態，即所謂的「返璞歸真」。《老子·十八章》中說：「大道廢，有仁義；智慧出，有大偽。」其意是說大道行不通了，人們就會提倡仁義；智慧機巧流行，就會產生大的偽詐。老子認為統治者大力標榜仁義、智慧，並不代表他們道德高尚，社會風氣良好，相反這一舉措反應出了君主失德、大道廢棄的社會現實。因為只有在政治失綱之後，才會提倡仁義以挽頹風。而如果處在民風淳樸、情操高尚的社會中，仁義就是自然存在的現象，沒有必要宣揚。因此，老子認為統治者應該遵從「道」的要求，無為而治，從根本上解決問題，而不是僅僅停留在事情的表面，極力宣傳所謂的仁義、智慧。為此《老子·十九章》中說：「絕聖棄智，民利百倍；絕仁棄義，民復孝慈……絕學無憂。」意思是說擯棄聰明智術，使人們返璞歸真，達到自然的狀態，百姓就會得到比以往多百倍的好處；摒棄仁義禮法，老百姓就會重歸孝順慈愛的狀態，沒有了仁義聖智，也就沒有了憂慮。老子認為正是由於統治者對仁義智慧的大力宣揚，才造成了民風的惡化。因此，老子倡導統治者杜絕智巧、仁義，恢復淳樸謙讓、清靜無為的社會風尚，這樣才能真正使百姓安居樂業，社會長治久安。莊子以聖哲之人所為來提醒統治者要去智，《莊子·齊物論》中說「是故滑疑之耀，聖人之所圖也。為是不用而寓諸庸，此之謂以明。」其意是說由此得知，各種惑人心智的巧說辯言，都是聖哲之人所摒棄的。所以說，把無用寄託於有用之中，才是以事物本然的視角觀察事物而得出的真實理解。

弗羅斯特和老子一樣對於統治者所倡導的仁義也表現得不屑一顧。他反對從道德上強制來「迫使人們互愛」（Marcus），弗羅斯特在《培育土壤——一首政治田園詩》（「BUILD SOIL—A political pastoral」）中寫道：

> 感謝上帝，我們的習俗使愛分離，
> 這樣在朋友相聚之處，在養狗之處，
> 在女人和牧師一起祈禱的地方，
> 我們就避免了陷入尷尬的境地。
> 世間沒有純粹的愛，只有男女之愛、
> 兒孫之愛、朋友之愛、上帝之愛、

> 神聖之愛、人類之愛、父母之愛，
> 當然這還只是大致地加以區分。(普瓦里耶，理查森 403)

弗羅斯特還看到了聰明才智如發明能力給社會帶來不利的方面。他在該詩中還寫道：

> 有時候我們只能從中深受其害。
> 照你的意思來說，野心已經被
> 社會所有化了——被嘗試的第一個
> 習性。接下來也許就該是貪婪。
> 但習性中最糟的一種還沒受到限制，
> 還沒社會所有化，這就是發明能力，
> 因為它並不為卑鄙的自我擴張，
> 它僅僅只為它自己盲目的滿足
> (在這點上它與愛和恨完全一樣)，
> 結果它的作用對我們是有利有弊。
> 甚至在我倆說話時，哥倫比亞大學
> 的某位化學家就正在悄悄地發明
> 用黃麻制羊毛，而他一旦成功，
> 成千上萬的農場主將失去羊群。(普瓦里耶，理查森 404)

發明創造在弗羅斯特眼中已成為破壞鄉村生活的幫凶，使許多農場主失業、生活無所歸依。接下來弗羅斯特進一步闡明了他的觀點：

> 人不可讓自己的野心無限膨脹，
> 亦不可任其發明能力盡情施展，
> 不可，若要我說的話。發明能力
> 應該受到限制，因為它太殘酷，
> 會給毫無準備的人帶來意外的變化。(普瓦里耶，理查森 405)

總之，老莊勸導人們迴歸純樸本性，清心寡欲，特別是不要玩弄聰明來謀取私利，統治者也沒必要通過人為的規範來強調仁義，因為人與人之間原本存在親和的關係，越是強制，人與人之間的關係就越是疏遠，這就是老莊強調的「絕聖棄智，絕仁棄義」。弗羅斯特反對大力宣揚仁義，反對從道德上強制人們互愛，反對發明創造，擯棄智巧，這正與道家的「絕聖棄智，絕仁棄義」思想如出一轍。

第四節 「虛靜」「返璞歸真」

一、「虛靜」與弗羅斯特詩歌

「虛」和「靜」是老子學說中提倡的一種無私欲、無雜念的空靈心境。《老子·十六章》中說：「致虛極，守靜篤，萬物並作，吾以觀復。夫物芸芸，各復歸其根。歸根曰靜，是謂復命。」其意是說把「虛」和「靜」做到極致。世間萬物如此蓬勃地生長，我卻看到了它們復歸於靜。萬物如此生機勃勃，各自都復歸到它們的根本。萬物迴歸到各自的根本就叫做「靜」，也就是迴歸本性。老子認為，萬物的根源存在於「虛」和「靜」之中。面對外在世界的干預，老子倡導「虛」和「靜」，希望人們能夠篤守「虛靜」之道。依老子之見，「虛」是萬物之根源，充滿著各種元素。就像山谷，看起來是空的，卻是許多泉水雲集之地。老子喜歡用山谷來象徵「虛」，告誡人們做人要謙虛，要虛懷若谷。老子通過描述萬物生長循環的現象，論證了世間萬物的變化發展都有其自身的規律，即生長到成熟再到衰亡，由再生到再亡，生生不息，周而復始以至於無窮無盡，也就是說萬物最終會歸於原來的本性，也就是「虛」和「靜」之自然狀態。老子認為「道」是與本性相符的，「道」生萬物後，它們的本性開始偏離「道」。偏離得越遠，「道」與本性也就越不相符，世上之騷亂皆因偏離「道」，從而與本性不符。只有迴歸本性，騷亂才能停止。這個規律不僅適用於自然界，同樣也適用於人類社會。正如《老子·三十七章》中所說：「不欲以靜，天下將自正。」其意是說不產生慾望而達到寧靜，天下也就自然地歸於正常了。《老子·四十五章》中說：「大盈若沖……靜勝躁，清靜為天下正。」其意是說最充實的東西好像是虛空的，清靜能戰勝躁動。清靜無為就可以做天下的首領。《老子·五十七章》中說：「我無為，而民自化；我好靜，而民自正；我無事，而民自富；我無欲，而民自樸。」其意是說我不恣意妄為，百姓就自然而然地順化了；我愛好清靜無為，百姓就自然端正自身，走上正軌了；我不恣意妄為，百姓自然就富足了；我沒有私心貪欲，百姓自然也就淳樸厚道了。老子在此指出統治者應該以無欲無求、清靜無為的原則來規正自身，這樣人民就會自然而然地返璞歸真，社會就會自然而然地趨於安定，從而呈現出國富民安的升平景象。老子認為只有擺脫對物欲的過分追求，才能達到「靜」之自然狀態。「靜」的反面也就是「躁」。《老子·二十六章》

中說:「重為輕根,靜為躁君。是以聖人終日行不離輜重。雖有榮觀,燕處超然。奈何萬乘之主,而以身輕天下?輕則失本,躁則失君。」其意是說重是輕的根基,靜是動的主宰。因此,聖人始終能夠穩重行事。雖然可以享受奢華的生活,但卻不沉溺其中。可是一些強大國家的君主為什麼要用輕率的舉動來治理天下呢?君王輕率地治理國家就會失去統治的基礎,恣意妄為就會失掉君主的地位。老子在此提到了在現實社會中兩對相互矛盾的範疇——輕與重、動與靜,認為矛盾雙方存在著起決定作用的一方。在輕與重的關係中,重是輕的根基,重沉於下,輕浮於上;輕依附重而存在,就不會有傾覆之險。在動靜關係中,靜是動的主宰,遇事冷靜,謀劃周到,辦事就會順利;情緒起伏,倉促行動,定會受到挫折。因此,任何舍重就輕或者舍靜取動的行為,都是忽略事物本質的行為。接下來,老子將辯證法思想應用於人類社會。他以聖人為例證,說聖人始終能夠穩重行事,超然於物外,不為榮華富貴所動,因此值得修道之人學習和效法。在此基礎上,老子又將矛頭指向了統治者,警告他們不能輕率浮躁,不能急功近利,更不能沉迷於繁華奢侈、縱欲過度的生活之中,因為這樣不僅不利於統治國家,而且會帶來嚴重的后果,即「輕則失本,躁則失君」。重與靜是相互關聯的,那些穩重之人總是處於靜之狀態。老子認為儘管統治者有安逸奢華的生活,但也應當穩重清靜。不僅是領導者應當穩重清靜,人們也應當從他們忙碌的日常工作中尋求清靜之道。老子哲學的一大特色就是他把人類思考的範疇從日常生活擴展到了整個宇宙。他通過觀察萬物繁榮衰敗的過程發現最終萬物都會迴歸本然,也就是迴歸開始,迴歸虛靜之狀態,從而恢復原本的純潔,與宇宙節奏和諧。《老子・四十章》中說「反者道之動」,「反」即可以指相反、對立面,亦可以同「返」,指反覆、循環。這是在闡釋向對立面轉化、循環往復是事物運動變化的永恆的規律。老子認為世間萬物具有矛盾性,而只要矛盾的雙方發展到極限,就都會朝著相反的方向轉化、循環往復,這就是「道」運行的規律。通過向對立面轉化、循環往復,萬物才能不偏離「道」,從而能夠與自然和諧共處。在《老子・十六章》中老子強調了歸根的重要性:「復命曰常,知常曰明,不知常,妄作凶。知常容,容乃公,公乃全,全乃天,天乃道,道乃久。沒身不殆。」其意是說迴歸本性就叫做「常」,認識了「常」就叫做「明」。沒有理解「常」,還要恣意妄為,就會招來大的禍患。明白了「常」也就理解了包容,理解了包容也就學會了大公無私,學會了大公無私才能品行完美,品行完美就能上同於天,上同於天也就符合了「道」,符合了「道」才能夠長久地存在。這樣就能夠終身不遭受危害。老子希望人們能夠認識這個規律,並按照這個規律行事。他認為,如果人們能

夠按照這個規律行事，由「知常」而「容」，由「容」而「公」，由「公」而「全」，由「全」而「天」，由「天」而「道」，那麼就終生不會有危險；反之，如果「不知常」，還要肆意妄為，那麼必然會招來大的禍患。為了實現和諧狀態，老子譴責使人不安的聰明智術。《老子‧十九章》中說：「見素抱樸，少私寡欲，絕學無憂。」其意是說要讓人們保持淳樸敦厚的本性，減少私心和慾望，沒有了仁義聖智，也就沒有了憂慮。相應地人們也就能夠安居樂業了。老子認為，「靜」是一種自然狀態，虛空清靜之狀態。老子喜歡用山谷來形容虛靜。《老子‧四十一章》中說：「上德若谷。」其意是說崇高的「德」就像低下的山谷一樣深廣、幽靜而寬闊，可以包容世間萬事萬物。目睹了自傲所引起的災難，老子告訴人們要謙虛、適中、適度。保持虛靜對深思來說是必要的，在虛靜之狀態，人們才能更好地看到真理。靜的對立面是躁與不安。老子認為統治者不能躁或自傲。《老子‧六十章》中說：「治大國，若烹小鮮。」老子在此將治理國家形象地比喻為烹制小魚，用來論證自己清靜無為的政治主張。小魚肉質鮮嫩，若在鍋裡不斷翻動，就很容易碎爛。因此，老子認為統治者在治理國家時，也應像烹制小魚一樣謹慎，清靜無為，減少對百姓的過度干預，任其自由發展。老子號召人們在忙碌的日常工作中尋求清靜之道，在喧囂中保持清靜。

　　弗羅斯特的詩歌深受古希臘和羅馬經典文學的影響。弗羅斯特總是從田園藝術的光輝傳統中汲取營養。弗羅斯特的詩歌刻畫了隱退、靜思、靜修。隱退、靜思、靜修是田園神話的一個重要特色。雷納托（Renato Poggioli）把「田園」定義為：「對純真和幸福的雙重渴望，不是通過再生，而是只有通過隱退、靜思、靜修才能恢復的。」弗羅斯特認為隱退、靜思、靜修不是逃避，而是追求，人生就是「追求、追求、追求再追求。」（Poirier）弗羅斯特深知自然的複雜，他的隱退、靜思、靜修不是起源於害怕，而是源於他對自然法則的敬畏。因此，不管自然是仁慈的還是敵意的，弗羅斯特對自然都採取一種順其自然的態度。例如，《后退一步》（「ONE STEP BACKWARD TAKEN」）一詩中寫道：

　　　　不僅僅是沙子和碎石
　　　　又開始繼續流動，
　　　　而且大量的巨礫卵石
　　　　裹著吞食一切的泥沙
　　　　也轟轟地互相碰撞著
　　　　開始衝下那條山溝。

> 一座座山頭裂成碎片。
> 在這場全球危機中
> 我感到腳下的地在搖動。
> 但憑著后退一步
> 我避免了墜入深淵。
> 一個撕裂的世界從我身邊
> 逝去。然后風停雨住,
> 太陽出來把我曬干。（普瓦里耶,理查森 471）

在詩中人的旅途中,他遭受著來自敵意自然的一切:沙子、碎石、巨礫卵石、泥沙,卻無能為力。「不僅僅是沙子和碎石/又開始繼續流動,/而且大量的巨礫卵石/裹著吞食一切的泥沙/也轟轟地互相碰撞著/開始衝下那條山溝。/一座座山頭裂成碎片。/在這場全球危機中/我感到腳下的地在搖動。」目睹了自然的巨大破壞力,詩中人感到了自身的脆弱,他前行的意願也開始動搖,懷疑是否可以繼續他的旅行。「但憑著后退一步/我避免了墜入深淵。/一個撕裂的世界從我身邊/逝去。然后風停雨住,/太陽出來把我曬干。」詩中人在旅途中忙於處理面臨的難題,使他耐心盡失,信心全無。在這種情況下,他后退一步,靜思躊躇不前。他發現的是「一個撕裂的世界從我身邊/逝去。然后風停雨住,/太陽出來把我曬干」。就像詩人所倡導的「暫時躲避混沌」,這一行動使詩中人有時間去沉思以至於他最終能有好的感覺,通過「對生活的澄清」而積聚力量繼續前行。《老子‧二章》中說「前后相隨」,也就是說對立是普遍。相對的兩方不是相互孤立而是互相依賴的。在人生長途中,儘管每個人都想前行,但我們應當知道隱退、靜思、靜修也是我們生活的一部分。對一個人來說,總是野心勃勃、勇往直前並不就是好事,保持謙虛、適中、適度是非常重要的。弗羅斯特曾經說過:「我在爭論中從不站在哪一邊,我喜歡中間的方式。」（Gerber）不站在任何一邊,選擇中庸之道是弗羅斯特對待生活的方式。《牧場》(「*THE PASTURE*」)是弗羅斯特詩全集中的卷首詩,儘管簡短,但從中我們可以看出他對隱退、靜思、靜修的態度。

> 我要出去清理牧場的泉源,
> 我只是想耙去水中的枯葉,
> （也許我會等到水變清洌）
> 我不會去太久——你也來吧。
>
> 我要出去牽回那頭小牛,

> 它站在母牛身旁,那麼幼小,
> 母親舔它時它也偏偏倒倒。
> 我不會去太久——你也來吧。(普瓦里耶,理查森 17)

詩中人以口語句型,邀請的方式引誘讀者跟隨他去體驗農村生活,「我不會去太久——你也來吧」。儘管農場並不是唯一代表簡單純樸的地方,詩中人的熱情邀請把我們帶入到了尋求真理之旅。也就是說人們在農場風光中能找到心靈的慰藉、對真理的追求,滿足人們渴求寧靜的慾望。在這首詩中我們能夠看到詩人看似簡單,實則深邃的寫作風格以及他謙虛、適中、適度的特色。詩歌《預防措施》(「PRECAUTION」)只有一句話:

> 年輕時我根本就不敢激進,
> 生怕年邁時我會變得保守。(普瓦里耶,理查森 389)

從詩中我們可以看出弗羅斯特不喜歡激進,也不喜歡保守,他的立場是謙虛、適中、適度的。在《泥濘時節的兩個流浪工》(「TWO TRAMPS IN MUD TIME」)中,詩人嘲諷那些僅為滿足生理需求而工作的流浪漢,因為他更享受融職業與興趣於一體的工作。

> 兩個流浪漢踩著泥漿走來,
> 看見我正在院子裡揮斧劈柴。
> 「使勁兒劈呀!」其中一位嚷道,
> 這樂呵呵的一聲使我抬起頭來。
> 我完全知道他為何掉在后面
> 而讓同伴繼續朝前一步兩歪。
> 我非常清楚他心裡正在想什麼:
> 他是想幫我劈木柴掙點外快。
>
> 我劈的是一段段上好的橡木,
> 每段橡木都有劈柴墩子那般粗;
> 我乾淨利落地劈開的每片木柴
> 都像片石墜地沒有碎片裂出。
> 自制的人也許會把這份精力
> 都省下來為社會公益事業服務,
> 但那天我卻想劈不足道的木柴,
> 讓我的心靈徹底無拘無束。

第三章 道家哲學視角下的弗羅斯特詩歌 | 89

太陽暖烘烘的但風卻很涼。
你該知道四月天是什麼模樣，
只要太陽露臉而天上沒風，
你就會提前享受到五月的春光。
但要是你竟敢說出春光明媚，
烏雲馬上就滾滾而來遮蔽太陽，
風也會從遠方的雪山吹來，
叫你再把三月份的滋味嘗嘗。

一只北上的藍背鳥輕輕飛落，
迎著風兒梳理它凌亂的羽毛，
它把唱歌的調子定得很適中，
以免引得哪株花過早綻開花苞。
天上偶爾還有一片雪花飄落，
它知道冬天不過是在假裝睡覺。
它雖然一身藍色但卻很快活，
但它不會勸花兒也吐豔歡笑。

到炎炎夏日時我們尋找水源
也許不得不用有魔力的草杈，
可此時一個蹄印就是一個水坑，
每一道車轍都是一條河汊。
為有水而高興吧，但別忘記
嚴寒冰凍依然潛藏在地下，
一等太陽落山它就會溜出來
在水面展示它的水晶白牙。

就在我最喜劈木柴的時候，
那二人卻來提出掙工錢的要求，
這無疑使我更加喜歡幹那活。
可以說我此前還沒有這種感受：
雙腳叉開牢牢地抓住大地，
雙手高高地揮起沉重的斧頭，
柔軟、光滑、汗涔涔的肌肉
揮動出青春的激情、活力與節奏。

這兩個來自林區的愣頭莽漢
(天知道他倆昨晚睡在哪裡,
但他們離開伐木場不會有多久),
他們認為揮斧是他們的專利。
作為林區居民和伐木工人,
他們看人全憑他們稱手的工具,
只有當別人揮動一柄斧頭,
他們方知誰是英雄誰是白痴。

我們雙方相視而立不語不言。
他倆確信只要在那兒站上半天,
他們的邏輯就會滲入我心田:
即我無權把人家賺錢的工作
當作一種娛悅身心的消遣。
我這只是愛好,而人家是職業,
兩者並存時人家的權利應占先。
這可是普天之下公認的觀點。

但誰會順從他們的這種區分?
我生活的目標是要讓我的興趣
與我所從事的職業合二為一,
就像我的雙眼合成一種視力。
只有當愛好與需要相結合,
只有當工作成為有輸贏的遊戲,
一個人才可能真正地有所作為,
為了人類的將來,也為了上帝。(普瓦里耶,理查森 349-352)

　　弗羅斯特認為,只有把職業與激情融於一體,人們的潛能才能被充分開發,工作才能成為一種快樂而不是一種謀生的手段。「我生活的目標是要讓我的興趣/與我所從事的職業合二為一,/就像我的雙眼合成一種視力。/只有當愛好與需要相結合,/只有當工作成為有輸贏的遊戲,/一個人才可能真正地有所作為,/為了人類的將來,也為了上帝。」作為一位田園詩人,弗羅斯特享受在田園裡的勞作,儘管他並不善於農耕。他反對科技進步,對他來說,科技進步意味著對自然的徵服。《一堆木柴》(「THE WOOD-PILE」)倡導對自然

少一些開發、利用，多一些補償。

一個陰天，我在冰凍的沼澤地散步，
我停下腳步說：「我將從這兒折返。
不，我還在往前走——咱們得看看。」
除了在有人不時走過的地方，凍雪
使我行走困難。身前身後能見到的
都是一排排整齊的又細又高的樹，
景色都那麼相似，以致我認不出
也叫不出一個地點，沒法據此斷定
我在此處或彼處，我只知離家已遠。
一只小鳥飛在我前面。當它停落時，
它總小心地讓一棵樹隔在我倆之間，
並且一聲不響，不告訴我它是誰，
而我卻傻乎乎地去想它在想什麼。
它以為我在追它，為了一片羽毛——
它尾巴上白色的那片；就像一個
會把每一片羽毛都據為已有的人。
其實它只要飛出來就會明白真情。
接著出現了一堆木柴，我因此而
忘記了那只小鳥，讓它那點恐懼
把它帶離了我本可以再走走的路，
甚至沒想到要給它說一聲晚安。
它飛到柴堆後面，最後一次停下。
那是一堆槭木，砍好，劈好，
並堆好——標準的四乘四乘八。
我不可能見到另一個這樣的柴堆。
柴堆周圍的雪地上沒有任何足跡。
它肯定不是今年才砍劈的木柴，
甚至不是去年砍劈或前年砍劈的。
木色已經發灰，樹皮已開始剝落，
整個柴垛也有點下陷。克萊曼蒂斯
曾用細繩把它捆得像一個包裹。
柴堆一端的支撐是一棵還在生長

的樹，另一端是由斜樁撐著的豎樁，
這兩根木樁已快被壓倒。我心想
只有那種一生老愛轉向新鮮事的人
才會忘記他自己的勞動成果，忘記
他曾為之消耗過斧子、勞力和自身，
才會把柴堆留在遠離火爐的地方，
任其用緩慢的無菸燃燒——腐朽
去盡可能地溫暖冰凍的沼澤地。（普瓦里耶，理查森 139-140）

　　在冬日的一個陰天，詩中人在冰凍的沼澤地散步。詩中人被腳下的凍雪攔住。猶豫了片刻后，詩中人決定繼續探索。但是實際上他已經迷失並感覺到孤獨。小鳥的出現使詩中人感覺變得好起來，但是讓他失望的是，小鳥並沒有和他交流的意圖，因為「它總小心地讓一棵樹隔在我倆之間，／並且一聲不響，不告訴我它是誰」。小鳥就像一個對外在世界警惕的人，它只擔心它自己，過分珍惜它的羽毛。在小鳥的眼裡，人類只知道利益和開發、利用，詩中人是在追逐它尾巴上的白色羽毛。然而詩中人那時「卻傻乎乎地去想它在想什麼」，意識到小鳥心胸狹窄，詩中人走向一堆木柴「甚至沒想到要給它說一聲晚安」。因為它的生存環境，小鳥只想到可能被利用而沒想到會有回報。「它飛到柴堆后面，最后一次停下。／那是一堆槭木，砍好，劈好，／並堆好——標準的四乘四乘八。／我不可能見到另一個這樣的柴堆……這兩根木樁已快被壓倒。我心想／只有那種一生老愛轉向新鮮事的人／才會忘記他自己的勞動成果，忘記／他曾為之消耗過斧子、勞力和自身，／才會把柴堆留在遠離火爐的地方，／任其用緩慢的無菸燃燒——腐朽／去盡可能地溫暖冰凍的沼澤地。」詩中人所看到的一堆木柴「那是一堆槭木，砍好，劈好，／並堆好——標準的四乘四乘八」，是辛勤勞動的結晶。與小鳥不同，砍楓樹的人「曾用細繩把它捆得像一個包裹」，把他的勞動成果留在沼澤地裡數年。因為「它肯定不是今年才砍劈的木柴，／甚至不是去年砍劈或前年砍劈的。／木色已經發灰，樹皮已開始剝落，／整個柴堆也有點下陷」。這堆木柴肯定是被擁有者所遺棄。詩中人認為這個人可能轉向新鮮事物，才會把「他曾為之消耗過斧子、勞力和自身」的木柴留在遠離火爐的地方。因為在普通人的眼裡，木柴只有在火爐裡燃燒才是有用的。就像詩歌中冷漠的小鳥所認為的人類總是只關心自己的溫暖與幸福而罔顧自然。然而留在沼澤地裡的一堆木柴使人們受到啟迪，那就是自然也需要被關愛。遺留的一堆木柴被看做一個溫暖者，用緩慢的無菸燃燒——腐朽，去溫暖冰凍的沼澤地。因此，無論這堆木柴為何被遺棄，這個人的行動表明他想

平衡好新鮮事物和前面的勞動，暫時的物質價值和自然的可持續發展。正如《老子·三十六章》中所說：「將欲奪之，必固與之。」其意是說想要奪取它，就暫且先給予它。只有那些深知給予之道的人才能真正受益。反之，有著太多的慾望而不知補償從長遠角度來說並不能使人們受益。在弗羅斯特的《採樹脂的人》（「THE GUM-GATHERER」）中，詩歌開頭寫道：

> 一天清晨，在下山的路上，
> 有個人趕上來與我同行，
> 他拎著個蕩悠悠的口袋，
> 口袋的上半截繞在他手上。
> 他讓我與他同行的五英里路
> 比讓我乘車騎馬都更舒暢。
> 山路沿著一條嘩嘩的小溪，
> 我倆說話都像在大聲嚷嚷。
> 我先告訴他我從哪兒來，
> 我住在山區的什麼地方，
> 此時我正沿著那條路回家，
> 然后他也講了些他的情況。
> 他來自很高很高的山坳（普瓦里耶，理查森 186）

生活在山裡的男人遇到了一個來自很高很高山坳的人。他們兩人都是來自農村地區，彼此平等，交談開心。採樹脂的人的陪伴使詩中人覺得：

> 他讓我與他同行的五英里路
> 比讓我乘車騎馬都更舒暢。（普瓦里耶，理查森 186）

在路上，他們的談話「都像在大聲嚷嚷」。在詩歌的開頭，我們看到採樹脂的人「他拎著個蕩悠悠的口袋，/口袋的上半截繞在他手上」。很顯然，他拿到市場去的不是滿袋的樹脂，他對賺錢並沒有太多的慾望。

> 我們熟悉帶山貨進城的山民，
> 他們馬車座下或有些漿果，
> 他們兩腳之間或有籃雞蛋；
> 這個人布袋裡裝的樹脂，
> 從山上的雲杉樹採的樹脂。
> 他讓我看那些芳香的樹脂塊，
> 它們像尚未雕琢的寶石。

它們的顏色在齒間呈粉紅，

可在上市之前卻是金黃。

我告訴他那是一種愜意的生活：

終日在陰暗的林間樹下，

讓樹皮貼近你的胸膛，

伸出你手中的一柄小刀，

將樹脂撬下，然后採下，

高興時則帶著它們去市場。（普瓦里耶，理查森187）

詩中人描述了一個賣樹脂的人，但詩歌的標題卻是《採樹脂的人》，而不是《賣樹脂的人》。詩中人認為，對於採樹脂的人來說，採樹脂不是為了生活，而是為了愉悅。我們從採樹脂的人同詩中人的輕鬆交談中可以意識到採樹脂的人的快樂生活。儘管他住在「因岩石的風化層只夠生苔蘚，/永遠也形不成能長草的土壤」的不毛之地的低矮木屋裡，那裡還會有自然災害，有「對烈火與毀滅的恐懼」，但採樹脂的人並沒有覺得那裡有什麼令人不舒服的。他代表著生活在艱苦環境下的人們。他們雖然生活得很簡單，但是很快樂滿足。「我們熟悉帶山貨進城的山民，/他們馬車座下或有些漿果，/他們兩腳之間或有籃雞蛋」，如同採樹脂的人，他們對自己的生活感到滿足，對賺大錢沒什麼慾望。與只知利用自然的城裡人不一樣，這些鄉下人珍惜自然賜予的一切。他們對自然的利用是適度的，他們對財富累積的慾望是有節制的，可以確保自然的可持續發展。在詩歌中，採樹脂的人只是讓樹皮貼近胸膛，用手中的一柄小刀，將樹脂撬松，然后採下，高興時則帶著它們去市場。他的樹脂也是高品質的，「它們像尚未雕琢的寶石。/它們的顏色在齒間呈粉紅，/可在上市之前卻是金黃」。從中可以看出他在工作時的態度和與眾不同的品位。正如《老子·十九章》中所說的「少私寡欲」，其意是說要減少私心和慾望。老子認為人生的意義在於對人類慾望的合理滿足。《老子·八十章》中也說：「甘其食，美其服，安其居，樂其俗。」其意是說人民對飲食感到香甜可口，對衣服感到華麗漂亮，對居所感到安定舒適，對風俗感到快樂歡喜。讓人民吃得香甜，穿得漂亮，住得安定，過得快樂，這是老子所倡導的。對於沉溺於財富累積的人來說，學學老子和弗羅斯特所倡導的節制慾望，讓自然可持續發展是必要的；對於普通人來說，節制慾望也是理所應當的。

老子倡導虛靜是有其背景的：老子生活在春秋末期，當時政權更替頻繁，社會動盪不安，但作為奴隸主的統治階級卻貪圖享樂，沉溺於聲色娛樂之中，

過著奢侈糜爛的生活。對此，老子警告統治者，如果長期沉溺於聲色，將會喪失理智，行為失常，從而影響自然的身心健康和國家的安定和諧。《老子‧十二章》中告誡說：「五色令人目盲，五音令人耳聾，五味令人口爽，馳騁畋獵令人心發狂，難得之貨令人行妨。是以聖人為腹不為目，故去彼取此。」其意是說顏色紛雜容易使人眼花繚亂，音樂過多容易擾亂人們的聽覺，味道過多容易使人們的味覺受到損傷，縱馬打獵、縱情玩樂容易使人們的心智放蕩，稀有的東西容易引起人們的貪欲，使人的操行受到妨害。因此，聖人只追求口腹飽食，不貪戀聲色犬馬的生活。也正因為如此，他們選擇了「為腹」，而摒棄了「為目」。老子在本章中提出了正確對待物欲的觀點，即選擇清心寡欲、清靜無為的生活態度。老子喚醒人們抵制慾望的誘惑，去追求虛靜。老子認為，人們不應該只靠他們的理智和感官去察覺真理，相反，應當棄智棄欲，身心融為一體。只有這樣才能達到萬物都不能使其分心的至上境界，從而悟道。在此基礎上，老子又指出聖人的治世之道——「為腹不為目」，即只滿足人們最基本的生存需要，而不提倡追求享受，希望能夠對統治者有所啓發。老子的這一觀點，對當今時代的人們，也同樣有著借鑑作用。人生在世，皆有慾望，但是如果過度沉迷於物欲之中，將會使人喪失志向，頹廢墮落，內心極度空虛。只有在合理追求物質生活的同時，注重內心的修養，追求精神生活帶來的愉悅，才會使身心達到平衡狀態，才能健康地生存發展，進而感悟人生的真諦。在弗羅斯特的詩歌《割草》（「MOWING」）中，詩中人決心解決他孤獨工作中勞動與閒暇的矛盾。

> 靜悄悄的樹林邊只有一種聲音，
> 那是我的長柄鐮在對大地低吟。
> 它在說些什麼？我也不甚知曉；
> 也許在訴說烈日當空酷熱難耐，
> 也許在訴說這周圍過於安靜——
> 這也是它低聲悄語說話的原因。
> 它不夢想得到不勞而獲的禮物，
> 也不希罕仙女精靈施舍的黃金；
> 因凡事超過真實便顯得不正常，
> 就連割倒壘壘乾草的誠摯的愛
> 也並非沒有割掉些嬌嫩的花穗，
> 並非沒有驚動一條綠瑩瑩的蛇。
> 真實乃勞動所知曉的最甜蜜的夢。

我的鐮刀低吟，留下堆垛的干草。（普瓦里耶，理查森 33-34）

　　詩中人一邊割草一邊沉思，烈日當空酷熱難耐，受此高溫影響，詩中人以擬人化的方式述說長柄鐮對大地低吟而不是高歌。在此種艱苦的環境下，詩中人沒有夢想去得到不勞而獲的禮物，而是全身心地專注於勞動，因此「靜悄悄的樹林邊只有一種聲音，/那是我的長柄鐮在對大地低吟」。面對著艱鉅的勞動，詩中人意識到勞動成果不可能是不勞而獲的禮物，也不會是仙女精靈施舍的黃金。他開始欣賞他所做的一切並斷定真實乃勞動所知曉的最甜蜜的夢。高溫的折磨在一定程度上讓詩中人擯棄知識與慾望，很自然地身心融為一體地去工作，從而真正理解勞動。

　　在詩歌《雪夜在林邊停留》中，詩中人沉醉於冰雪覆蓋的林子中，以口語化簡單的語言，描述了寧靜的美景。「小馬」是日常混沌的象徵，它只考慮實際的東西如呆在附近溫暖的農舍裡，而詩中人卻陷入了寧靜沉思之狀態，享受著眼前的這一切。他享受著「柔風輕拂，雪花飄落」，寧靜使他陷入了深深的沉思。對他來說，「樹林真美，迷蒙而幽深」。最后他得到了人生的真理：人生就像一場旅行，應當仔細地計劃，不斷地保持。老子認為，保持寧靜的方式對於深思是非常必要的。當處於寧靜之狀態，我們就會受控於絕對的安靜，天地人和，沒有分心的想法能煩擾我們的心靈。為達到寧靜之狀態，老子告訴人們要棄智去欲，因為智慧包含一系列毫無疑問有失公正的觀念想法，有時是在為統治者服務，誤導人們。慾望扭曲了人們的感官和理智，使人們不能客觀地觀察理解世界。

　　在詩歌《我窗前的樹》中，詩中人獨處時與陪伴他的樹進行交談。在它的陪伴下，詩中人對日常混沌的不安得以舒緩。「我窗前的樹喲，窗前的樹，/夜幕已降臨，讓我關上窗戶；但請允許我不在你我之間/垂下那道障眼的窗簾。/夢一般迷蒙的樹梢拔地而起，/高高樹冠彌漫在半天雲裡，/你片片輕巧的舌頭喧嚷不停，/但並非句句話都很高深。」在此詩中，樹被看成詩中人親密的朋友、靈魂的伴侶，總是目睹他的人生情感體驗。儘管他的朋友也許不是很聰明，不能夠像人類一樣與詩中人進行深度的交流，因為它片片輕巧的舌頭喧嚷不停，但並非句句話都很高深。詩中人很珍惜它的陪伴，希望在樹和他之間，不要有障礙，不要垂下障眼的窗簾。就像真正的朋友，彼此分享的不是外在的表面的東西，而是真誠。「樹喲，我看見你一直搖曳不安，/而要是你曾看見過我在睡眠，/那麼你也看見過我遭受折磨，/看見我幾乎不知所措。/那天命運融合了我倆的思想，/命運女神也有她自己的想像，/原來你掛念著外邊的氣候冷暖，/我憂慮著內心的風雲變幻。」詩中人和樹彼此之間都

很放鬆，因為詩中人看見樹一直搖曳不安，而樹也看見過詩中人在遭受折磨，不知所措。迴歸現實，樹畢竟不是人類，它不能說話。他們之間擁有的只能是安靜的精神交流。從超驗主義的角度來看，一切事物都受到超靈的限制，人類的靈魂也是與超靈一致的。動植物是自然的一部分，它們能與人類有精神上的交流。因此，詩中人是一個人，他是孤單的，但是因為有樹的陪伴，他並不孤獨。老子認為，自然中的一切事物都是平等的。只有在寧靜的狀態，人們才能迴歸自然，與自然和諧相處。因為自然是生養我們的地方，陽光、空氣等都是大自然給我們的饋贈。我們要保護好自然，保護好環境，尋求寧靜之道，讓人類與自然和諧相處。

二、「返璞歸真」與弗羅斯特詩歌

弗羅斯特和老莊都看到了物質文明的發展所帶來的人性的異化，因此在生活方式上，他們都反對過度追求物質利益，崇尚簡樸生活。《老子・十二章》中說：「五色令人目盲，五音令人耳聾，五味令人口爽，馳騁畋獵令人心發狂，難得之貨令人行妨。是以聖人為腹不為目，故去彼取此。」老子在此闡明了正確對待物欲的方法，即選擇清心寡欲的生活方式。老子生活在春秋末期，當時社會動盪不安，統治者貪圖享樂，民不聊生。對此，老子告誡統治者不要縱情聲色，影響自己的身心健康和國家的安定和諧，並指出了聖人的追求「為腹不為目」，即只滿足最基本的生活所需，不追求享受，希望能對統治者有所啟示。老子的這一觀點，對處在當今時代的我們仍有啟發作用。人生在世，皆有慾望，但不能過度迷戀物欲，否則會使人喪失志向，頹廢墮落，內心空虛。人們應當在合理追求物質生活的同時，注重修身養性，追求精神生活所帶來的快樂，實現身心健康發展，進而領悟人生的真諦。《老子・十五章》中說的「敦兮其若樸」，啟迪人們為人要像得道之人一樣敦厚淳樸。《老子・十九章》中說的「見素抱樸，少私寡欲」，啟迪人們保持淳樸敦厚的本性，減少私心和慾望。《老子・二十九章》中說的「去甚，去奢，去泰」，啟迪人們只有清除自身極端、奢侈和過度的行為，才能使民風淳樸。莊子進一步發展了老子的思想，追求純樸、自然，鄙視奢華、趨利。莊子認為，人生之利，主要是為了維持自己的生命而已，過分之利對維護生命毫無用處。《莊子・外物》講了一個「莊周借糧」的故事，說明人活著，只要能維持生活所需就可以了，多余之利是身外之物。求取身外之物，就像捨棄眼下之需而求取身後之財一樣，是本末倒置，捨本而取末。《莊子・秋水》借北海若之口說：「故曰：無

以人滅天，無以故滅命，無以得殉名。謹守而勿失，是謂反其真。」其意是說不要以人為的方法破壞自然，不要以有意的行為破壞自然的秉性，不要不遺余力地只為獲取虛名。謹慎地持守著自然的秉性，維護其不喪失，這就叫做返璞歸真。

　　面對人們對物質的過度追求，弗羅斯特也提出了同樣的告誡。弗羅斯特認為物質財富的過度豐富不但沒有給人類帶來好處，還會異化人性。因此，他號召人們迴歸田園，迴歸簡樸生活。對於弗羅斯特來說，他的迴歸是因為當時社會的變革。弗羅斯特青少年時期，目睹了20世紀美國工業化帶來的巨大變化。以科技為特徵的現代生活方式開始打破鄉村平靜的生活，異化了人性，也打碎了弗羅斯特對鄉村生活的甜蜜回憶。隨著工業文明的發展，人們取得了物質上的成功，但隨之帶來的卻是道德的淪喪，這讓嚴肅而具有洞察力的詩人極為擔憂，為此作為「工業社會田園詩人」的弗羅斯特通過詩歌來呼籲人類不要過度追求物質財富，並倡導一種田園生活，這在他的一些詩歌中都有所體現。例如，弗羅斯特在《指令》（「*DIRECTIVE*」）一詩寫道：

> 抽身離開我們難應付的這所有一切，
> 迴歸一個因失去細節而簡單的年代，
> 一個像墓園裡的石雕因風吹日曬
> 而變得凋零衰颯支離破碎的年代，
> 在一個如今已不再是市鎮的市鎮裡，
> 在一座如今已不再是農場的農場上，
> 有一幢如今已不再是房子的房子。
> 要是你讓一個實際上只會使你迷路
> 的向導為你引路，那裡的道路
> 也許會顯得仿佛一直是個採石場——
> 昔日的城鎮，一塊塊巨大的基石，
> 早已不再佯裝有屋頂遮蓋的模樣。
> 在一本書中有段關於這古鎮的記載：
> 除大車的鐵輪留下的轍痕之外，
> 岩壁上劃有從西北向東南的直線，
> 那是一條巨大的冰川雕鑿的作品，
> 而那條冰川的底部支撐著北極。
> 你千萬別介意來自那條冰川的寒冷
> 據說依然還逗留在潘瑟山這一側。

你也不必介意曾經受一系列考驗，
不必介意來自四十個地窖口的窺視，
不怕那仿佛來自四十只木桶的目光。
至於說那片樹林在你頭頂上騷動，
使它們的樹葉發出窸窸窣窣之聲，
就全把那歸咎於樹林的狂妄無知。
試問約二十年前它們都在哪裡？
現在竟自命不凡地以為已經蓋過
那幾株被啄木鳥啄空的老蘋果樹。
你自己譜寫一曲令人振奮的歌吧，
唱這條曾是某人干活后回家的路，
那人說不定正徒步走在你的前面，
或趕著輛嘎吱嘎吱作響的運糧車。
這番探尋的頂點就是這地方的頂點，
有兩種村社文化曾在這兒相互交融。
如今那兩種文化都早已經湮滅。
若你因捨棄得夠多而獲得了自我，
請拐進你身后的梯級路並豎塊招牌，
標明除我之外任何人都不得進入。
然后請像回到家裡一樣無拘無束。
這兒留下的只有鞍傷大的一眼泉。
當初那裡是孩子們玩耍的遊戲室，
如今散落在一棵松樹下的破餐具
便是當年遊戲室裡孩子們的玩具。
先悲嘆那幢房子如今已不再是房子，
而只是一個被野丁香覆蓋的地窖口，
像生面團上的凹坑正慢慢地合攏。
認真說來這是幢房子而不是遊戲室。
你的終點和你的命運是一條小溪，
小溪就發源於那座房子裡的水，
像一股清冽的泉水剛剛冒出泉眼，
那麼高潔那麼原始以致不洶湧。
（我們知道谷間溪流在洶湧之時，

會把它們的碎片掛在荊棘枝頭。)
在泉水邊一棵蒼老的雪松下面,
在老雪松拱起的樹根形成的洞中,
我一直藏有一個摔壞的高腳酒杯,
它像有魔力的聖杯,惡人看不見,
因此惡人像聖馬可所言不可能得救。
(我是從孩子們的屋中偷得這酒杯。)
這兒就是你的泉水和飲水之處。
喝下去你便可超越混亂重獲新生。(普瓦里耶,理查森 471-474)

在詩歌中,詩人建議「抽身離開我們難應付的這所有一切,/迴歸一個因失去細節而簡單的年代,/一個像墓園裡的石雕因風吹日曬而變得凋零衰颯支離破碎的年代,/在一個如今已不再是市鎮的市鎮裡,/在一座如今已不再是農場的農場上,/有一幢如今已不再是房子的房子。」在這首詩中,房子、農場和市鎮代表著文明,詩人想離開這「文明」的社會,迴歸過去簡樸的時代。文明使事情複雜,為尋求力量之源泉,詩人轉向泉眼,邀請讀者「喝下去你便可超越混亂重獲新生。」又如,《孤獨的罷工者》一詩講述了一個因為遲到而被辭退的人,並沒有因被解雇而傷心,因為工廠無人性化的管理和工作環境讓人心寒「一聲聲敲響像一道道催命符……工廠的廠房雖有許多窗戶,/但令人不解的是全都不透明」。當他想到一片美麗的森林時,所有的工業文明在他眼中都不值一提,「他知道一條需要去走的路」。在詩的結尾,被解雇者說:「要是將來果真有那麼一天:/由於他曾經對工廠棄之不顧,/由於現在工廠缺少他的支持,/工業看上去就可能永遠消亡,/或甚至僅僅是看上去一蹶不振,/那就來找他吧——他們知道地方。」以上詩行表明被解雇者決心遠離工業文明,迴歸自然。同時也暗示工業不可能持續發展下去,人類應當迴歸自然,迴歸田園生活,到自然中去尋找生命的真正意義。隨著美國工業文明發展所帶來的陰暗的一面,人們越發「對城市所蘊涵的所有表示複雜、無常和焦慮表示厭惡」(James M. Cox)。再如,《收落葉》是描寫詩人田園生活的詩篇。詩人說他收集的落葉「它們幾乎沒用處。/但收成總是收成,/而且又有誰敢說/這收穫啥時能停?」儘管收益不大,但詩人在勞動中傳遞著他對大自然的關懷。這種只重耕耘,不問收穫也成了他的一種人生哲學——尋常的勞作,簡樸的生活是對大自然的最好回報。

綜上所述,面對物欲的外在誘惑,老莊提出為人要質樸,不要私心太重、慾望太多,要保持恬淡為上、知足常樂的心境,謹守自然的本性,返璞歸真。

弗羅斯特認為物質財富的過度豐富不但沒有給人類帶來好處，還會異化人性，因此，他號召人們迴歸田園，迴歸簡樸生活，這與道家的「返璞歸真」相吻合。

第五節　道家美在弗羅斯特詩歌中的呈現及其啟示

　　弗羅斯特是20世紀美國詩壇的「桂冠詩人」，也是一位「田園詩人」。他的詩歌「多以新英格蘭鄉村為背景，具有濃鬱的鄉土氣息和誘人的田園情趣」（楊金才），因為他的詩歌「是他在新英格蘭農村長期生活、勞動和思考的產物」（吳富恒，王譽公）。弗羅斯特一生大部分時間都是在農場渡過的，為此他對鄉村的事物有著具體的感知並形成了他與眾不同的詩歌風格。通過使用看似簡單的語言，弗羅斯特創造了一種引人注目的美。他那低沉的聲音充滿著類似於道家反思和自製的東西，他對人類與自然深沉的愛貫穿在他的詩歌中。他對無機物和生物的人格化和認同表明詩人對環境的關注，在一定程度上也體現了道家式的對人類與自然關係的理解。道家的美學思想是以道家哲學為基礎，對唯理論的蔑視是道家的一個基本特徵，道家依靠直覺來瞭解自然和人類的內在意義。「道」是道家哲學的核心，也是道家美學思想的基礎。從美學角度可對「道」作如下描述：

　　第一，「道」是沒有形體卻完整的事物。《老子·二十一章》中說：「道之為物，惟恍惟惚。惚兮恍兮，其中有象；恍兮惚兮，其中有物。」雖說「道」恍恍惚惚，沒有一個具體的、可以感知的形體，但是恍惚狀態的「道」之中卻有形象、有實物，是個完整體。莊子用「渾沌」來體現「道」，他通過講述「渾沌」被朋友倏和忽好意鑿七竅，以至失去本真，失去整體感而死去的故事，告訴人類要「順物自然而無容私焉」，要順應事物自然的發展，不要去破壞事物的整體性。因此，從美學的角度看，「渾沌」代表的是渾成，也就是所說的整體性。

　　第二，「道」代表真、樸，它們存在於事物中而無人為裝飾，是道家珍視的兩大品質。老子看到文明社會的諸多弊端，認為其產生原因在於人類喪失了真樸之性，逐於外物而不能返本。所以《老子·十九章》中提出了「見素抱樸，少私寡欲，絕學無憂」，並且要求從統治者做起，以淳樸之身教影響社會。莊子給真做了生動的解釋：「真者，精誠之至也。不精不誠，不能動人。故強哭者，雖悲不哀，強怒者，雖嚴不威，強親者，雖笑不和。真悲無聲而哀，真怒未發而威，真親未笑而和。真在內者，神動於外，是所以貴真也。」

《莊子・馬蹄》中說：「同乎無知，其德不離；同乎無欲，是謂素樸。」在一定程度上，樸也反應著真。人為的、裝飾的成分加得越多，天然的、真的成分就會越少。因此，樸和真是相通的。

第三，道自身是虛空和清靜的，道就是「無」。《老子・四十章》中說：「天下萬物生於有，有生於無。」老子認為，大道的存在是「虛」和「靜」的狀態。《老子・五章》中說「道」就是「虛而不屈」。關於「靜」，老子說「歸根曰靜」。老子號召人們「致虛極，守靜篤」。道家的美學思想認為，無、空、靜和弱是道的主要特徵，構成了道家的陰柔美。然而，需要注意的是這裡所指的弱並不是通常所說的軟弱無力，而是其中蘊含堅韌不拔的性格。這種弱甚至能徵服那些強勁和可怕的事物，正如老子所說「柔弱勝剛強」「天下之至柔，馳騁天下之至堅，無有入無間」。

弗羅斯特的審美價值與道家的美學思想一樣。他看到了人類與自然世界的同一美，他的詩歌中充滿了擬人化的生物和自然世界的事物。通常他詩歌中的詩中人都願意把自身與萬物等同起來。同時，與道家的美學世界一樣，弗羅斯特的美學世界也是以樸為特徵。弗羅斯特把務實的勞動看成與自然交談的方式，他相信「真實乃勞動所知曉的最甜蜜的夢」。

一、人類與自然世界的同一美

道家認為人類與自然世界應當是一個整體。莊子認為，道是沒有分界的，是一個同一無別、通達無界的統一體。它是天然的，而不是人為的。《莊子・庚桑楚》中說：「道通其分也，其成也毀也。」因此，道又被稱為「大一」「大同」「大通」。道家相信自然本身就是獨一無二的藝術大師，它所創造的一切都是杰作，人類也是自然的一部分。莊子認為面對天籟之音，人籟之音是如此的平凡和不值一提。人類應當遵循自然規律，與自然同一。不管自然如何改變，人類也不應該同自然分離，更不能以自己的聰明才智去掠奪自然。我們應當體會「天地與我並生，而萬物與我為一」的境界，然后我們就能從這同一中獲得最大的樂趣。和道家一樣，弗羅斯特看到了人類與自然世界的同一美，他用熱切的心觀察和研究著自然，這使他像華茲華斯一樣「能穿透事物的心，使讀者看到自然真正的生命」（張伯香，馬建軍）。對弗羅斯特來說，動物、鳥、樹、小溪、山和風等都和人類一樣有情感。他總是熱切地希望能瞭解自然界的萬事萬物，與萬物同一，這種熱切與意願體現了道家的大同美。以蝴蝶為例，在春天，自然充滿活力，在鄉村隨處可見蝴蝶。蝴蝶也是弗羅斯特最喜歡

的生命象徵。在《花叢》(「THE TUFT OF FLOWERS」) 中，這個小生物喚起了他奇怪的想像。

> 我正這樣思忖，一只迷惘的蝴蝶
> 揮舞著翅膀從我身邊迅疾地飛越，
> 懷著因隔夜而已變得模糊的牽掛，
> 它在找一朵昨天使它快活的野花。
>
> 起初我看見它老在一處飛舞盤旋，
> 因為那兒有朵枯萎的花躺在草間。
>
> 接著它又飛向我目力所及的遠方，
> 然后又抖動著翅膀飛回到我身旁。(普瓦里耶，理查森 39-40)

在以上詩行裡，讀者能夠感受到詩人與蝴蝶微妙的共情。詩人試圖以蝴蝶的方式感知世界，通過這種方式，他似乎成為蝴蝶本身。這首詩讓我們想起了「莊周夢蝶」的故事，莊周曾經夢見自己變成了一只蝴蝶，它扇動著翅膀翩翩起舞，內心感到非常的舒適暢快，忘記自己原本是莊周。突然間，覺醒過來，驚惶不定間意識到原來自己是莊周。不知道是莊周夢見自己變成了蝴蝶，還是蝴蝶夢見自己變成了莊周？莊周與蝴蝶，必定是有區別的。這就叫做物我的渾然同化。實質上萬物都是統一的，都是自然的造化。弗羅斯特與蝴蝶的共情和莊周夢蝶的故事表明他們都對與自然世界萬物同一深感興趣，因為它可能產生道家式的與自然同一的喜悅。

在弗羅斯特的詩歌裡，樹總是被擬人化，要麼被視為朋友要麼被視為敵人。在《樹聲》(「THE SOUND OF TREES」) 中，弗羅斯特對房旁的樹有著同感，他寫道：

> 我對那些樹感到疑惑。
> 為什麼比起另一種噪聲
> 我們更希望永遠忍受
> 它們的瑟瑟沙沙簌簌，
> 而且緊挨著家門口？
> 我們天天忍受樹聲，
> 直到喪失了步伐的節奏
> 和我們歡樂中的永恆，
> 並具有了傾聽的神情。

> 它們總談到要離去，
> 但卻從不挪動；
> 待它們更睿智更老成，
> 它們仍在談想長見識，
> 可這話現在意謂不走。
> 有時當我從窗口或門洞
> 註視那些樹搖曳晃悠，
> 我的腳會使勁蹬地板，
> 我的頭會偏向一邊。
> 哪天它們嗓子好的時候，
> 哪天它們搖晃得甚至會
> 嚇走天上白雲的時候，
> 我將宣布要去某個地方，
> 我將作出不顧后果的選擇。
> 我將沒有多的話要說，
> 但我將會離去。（普瓦里耶，理查森 207）

樹干擾著詩人的度量感和固定性，因為風無規律地吹著樹，使旁觀者產生了一種不安全感。詩人感覺自己與樹同為一體，他的腳在地板上蹭，像樹根被風拉扯，他的頭隨肩搖擺，仿佛他和樹一樣正被風刮著。這些詩行巧妙地刻畫了詩人的靈魂與樹的靈魂完全融合。「我對那些樹感到疑惑。/為什麼比起另一種噪聲/我們更希望永遠忍受/它們的瑟瑟沙沙簌簌，/而且緊挨著家門口……有時當我從窗口或門洞/註視那些樹搖曳晃悠，/我的腳會使勁蹬地板，/我的頭會偏向一邊。」又如，在《城中小溪》（「A BROOK IN THE CITY」）中，詩人甚至把他自己與無生命的小溪等同起來。

> 那幢農舍依然存在，雖說它厭惡
> 與新城街道整齊劃一，但不得不
> 掛上了門牌號。可是那條小溪呢？
> 那條像手臂環抱著農舍的小溪呢？
> 我問，作為一個熟悉那小溪的人，
> 我知道它的力量和衝動，我曾經
> 把手伸進溪水讓浪花在指間跳舞，
> 我曾經把花拋進水中測它的流速。

六月禾可以被堅硬的水泥覆蓋,
在城市的人行道下再也長不出來;
蘋果樹可以被塞進壁爐當作柴燒。
水紅木對於小溪是否還同樣需要?
此外對一股不再需要的永恆力量
又該如何處置呢?難道溯流而上
用一車車煤渣築壩堵住它的源頭?
后來小溪被拋進了石板下的陰溝,
在臭烘烘的黑暗中依然奔流不息——
也許除了可以使它忘記恐懼之處,
它這樣日夜奔流永遠是徒勞無益。
除了舊時的地圖沒有一個人知曉
有這樣一條小溪。可我真想知道
是不是由於小溪永遠被埋在地下
其記憶就不可能冒上來重見天日,
使這座新城沒法干活也沒法休息。(普瓦里耶,理查森 299-300)

「被拋進了石板下的陰溝,在臭烘烘的黑暗中依然奔流不息」的小溪使詩人心生不安,好像他自己在受苦,他以小溪的名義質問人們改造小溪帶來惡臭這一行為是否正確。「可我真想知道/是不是由於小溪永遠被埋在地下/其記憶就不可能冒上來重見天日,/使這座新城沒法干活也沒法休息。」

二、質樸美

弗羅斯特認為生活在自然世界裡能讓現代人的問題得到簡化,精神得到升華。他一生大部分時間都是在農場渡過。從小到大他對鄉村的事物都有著親切感,這在一定程度上解釋了他對質樸美的熱愛。他的詩歌大部分都以鄉村為背景,在那裡人們生活在自然環境裡,每天享受著自然的田園美。小鳥、樹、小溪、山脈,甚至風和雪都可能是快樂的源泉。關於弗羅斯特對自然的觀察,馬庫斯評論說:「用視覺觀察,洞察力加強了視覺的力量。」(Marcus, Mordecai)這種用視覺和洞察力觀察自然的方法與道家強調用直覺觀察自然的方法有著相似之處。

也許有人會問,為什麼自然能以質樸美吸引弗羅斯特和道家的關注?

首先,自然給人類提供安寧。弗羅斯特是一個仔細而又敏感的觀察者,他

具有非凡的洞察力來揭示自然的微妙。在弗羅斯特的名詩《雪夜在林邊停留》（「STOPPING BY WOODS ON A SNOWY EVENING」）中，詩中人獨自在白雪覆蓋的林邊享受短暫的遁離，欣賞美麗的景色。

> 我想我知道這樹林是誰的。
> 不過主人的家宅遠在村裡，
> 他不會看見我在這兒停歇
> 觀賞這片冰雪覆蓋的林子。
>
> 想必我的小馬會暗自納悶：
> 怎麼未見農舍就停步不前，
> 在這樹林與冰凍的湖之間，
> 在一年中最最黑暗的夜晚。
>
> 小馬輕輕抖搖頸上的繮鈴，
> 仿佛是想問主人是否弄錯。
> 林中萬籟俱寂，了無回聲，
> 只有柔風輕拂，雪花飄落。
>
> 這樹林真美，迷蒙而幽深，
> 但我還有好多諾言要履行，
> 安歇前還須走漫長的路程，
> 安歇前還須走漫長的路程。（普瓦里耶，理查森 291-292）

這首詩使用的語言極為簡單，與所描述風景的質樸美相適應。一副寧靜的富有道家美的場景生動地浮現在讀者眼前。讀者仿佛身臨其境，在片片飄落的雪花中呼吸著冬天新鮮的冷空氣。馬庫斯評論這首詩時說：「馬的搖鈴聲使雪花的飄落無聲更為生動，詩中人在冰雪覆蓋的樹林中所感到的那種深沉舒適美是如此的誘人。」（Marcus, Mordecai）

其次，弗羅斯特喜歡質樸，不喜歡抽象難解。凱蒂（Cady）認為「和葉芝、斯蒂文斯、勞倫斯不同，弗羅斯特從不讓他的視野遠離日常現實。」（Cady, H Edwin）正如朱復發表於《小說月報》上的《現代美國詩概論》一文中所說，弗羅斯特愛好事實的美，但是他不甘於僅說實在，唯求事實的真理。在《割草》一詩中，弗羅斯特寫道「真實乃勞動所知曉的最甜蜜的夢。」在《雨蛙溪》（「HYLA BROOK」）中，弗羅斯特寫道：

> 到六月我們的小溪就不再奔騰喧嘩。

> 在那之后尋找溪流，你將會發現
> 它要麼是潛在地面之下摸索向前
> （帶著小溪裡各種各樣的雨蛙，
> 那些雨蛙一個月前還曾在霧中噪鳴，
> 就像朦朧雪地裡隱約的雪橇鈴聲）——
> 要麼是微微冒出來浸潤鳳仙花
> 和嬌弱的枝葉，枝葉迎風彎腰，
> 甚至逆對著上月水流的方向彎腰。
> 小溪的河床如今像一頁褪色的紙——
> 由被熱粘在一起的枯葉拼成的紙。
> 只有牢記它的人才知它是條小溪。
> 這條小溪，正如可以看出的一樣，
> 遠遠比不上歌中唱的別處的小溪。
> 但我們愛所愛之事物是因其真相。（普瓦里耶，理查森 160）

弗羅斯特的許多詩歌都體現了他對自然質樸美的熱愛，以他寫的簡短的詩歌《雪塵》（「DUST OF SNOW」）為例。

> 一隻烏鴉
> 從一棵鐵杉樹上
> 把雪塵抖落到
> 我身上的方式
>
> 已使我抑鬱的心情
> 為之一振
> 並從我懊悔的一天中
> 挽回了一部分。（普瓦里耶，理查森 287）

在這首詩中，烏鴉、雪塵和鐵杉樹都是真實的，不需煞費苦心去猜測它們的含義。弗羅斯特認為這種質樸美只可能在自然世界出現。因此，他看到了《熟悉鄉下事之必要》（「THE NEED OF BEING VERSED IN COUNTRY THINGS」）。

> 那幢房子在大火中化為灰燼，
> 為夜空又塗過一次落日金輝。
> 如今只剩下根菸囪孑然獨立，
> 活像四周掉光了花瓣的花蕊。

> 谷倉隔馬路與菸囪遙遙相望，
> 要是那晚的風不動惻隱之心，
> 它早同房子一道被燒個精光，
> 現在它頂著那被遺棄的地名。
>
> 它再也不會傍晚時打開大門
> 讓幹活的人順著碎石路歸來
> 用急促的腳步敲響它的地板，
> 把新收的夏草硬往草堆裡塞。
>
> 菲比鳥從天空回到這谷倉，
> 從那些打破的窗戶飛出飛進，
> 它們的啼鳴很像人類的悲嘆，
> 仿佛它們老想著過去的情景。
>
> 但對它們來說丁香還會長葉，
> 被火舔傷的老榆樹還會抽枝；
> 唧筒仍揚起一條笨拙的手臂，
> 鐵絲網木樁仍牽著一根鐵絲。
>
> 對它們來說真沒有任何傷感。
> 雖它們會為有巢棲身而心歡，
> 但人們必須多熟悉鄉下的事，
> 千萬別以為那些鳥兒會悲嘆。（普瓦里耶，理查森 312）

最后，自然的質樸與人類智力發展所引起的文明的複雜是相反的。在弗羅斯特的詩歌《指令》中，質樸代表的是過去的事物。

> 抽身離開我們難應付的這所有一切，
> 迴歸一個因失去細節而簡單的年代，
> 一個像墓園裡的石雕因風吹日曬
> 而變得凋零衰颯支離破碎的年代，
> 在一個如今已不再是市鎮的市鎮裡，
> 在一座如今已不再是農場的農場上，
> 有一幢如今已不再是房子的房子。（普瓦里耶，理查森 471-472）

這首詩所體現的懷舊的質樸美，反應了道家「歸根」的理念。通過對田園般的過去和難以容忍的複雜的現在形成對比，詩人暗示前者代表的是完整和

健全，而后者代表的是混亂。自然的質樸給人類提供了適合居住的最好環境。

三、務實勞動的崇高價值美

弗羅斯特認為「事實和勞動比他做的科學研究或演講更有價值」（Cox, Sidney）。在《割草》（「MOWING」）一詩中，他寫道：

> 靜悄悄的樹林邊只有一種聲音，
> 那是我的長柄鐮在對大地低吟。
> 它在說些什麼？我也不甚知曉；
> 也許在訴說烈日當空酷熱難耐，
> 也許在訴說這周圍過於安靜——
> 這也是它低聲悄語說話的原因。
> 它不夢想得到不勞而獲的禮物，
> 也不希罕仙女精靈施舍的黃金；
> 因凡事超過真實便顯得不正常，
> 就連割倒壟壟干草的誠摯的愛
> 也並非沒有割掉些嬌嫩的花穗，
> 並非沒有驚動一條綠瑩瑩的蛇。
> 真實乃勞動所知曉的最甜蜜的夢。
> 我的鐮刀低吟，留下堆垛的干草。（普瓦里耶，理查森 33-34）

詩中人作為割草人把他自己和鐮刀等同起來，在他割草的過程中，他對農場工作深切的愛使他得到了一個簡單卻又深奧的事實：「真實是勞動所知曉的最甜蜜的夢。」在《摘蘋果之後》（「AFTER APPLE-PICKING」）中，摘蘋果的人沒有用工具去摘，只是用雙手去摘，這使他能直接接觸果實。

> 我高高的雙角梯穿過一棵樹
> 靜靜地伸向天空，
> 一只沒裝滿的木桶
> 在梯子旁邊，或許有兩三個
> 沒摘到的蘋果還留在枝頭。
> 但我現在已經干完了這活。
> 冬日睡眠的精華彌漫在夜空，
> 蘋果的氣味使我昏昏欲睡。（普瓦里耶，理查森 95-96）

對摘蘋果工作場景的生動描述體現了道家式的對勞動的熱愛，最後兩行也傳達了道家式精神的安寧。但是由於過度疲倦，加上對勞動體驗的回憶，詩中人肯定會：

  進入什麼樣的夢境。
  被放大了的蘋果忽現忽隱，
  其柄端、萼端
  和每片鏽斑都清晰可辨。
  我拱起的腳背不僅還在疼痛，
  而且還在承受梯子橫檔的頂壓。
  我會感到梯子隨壓彎的樹枝晃動。（普瓦里耶，理查森 96）

簡單、準確、隨意卻又使人印象深刻的描述，這首詩歌有著「夢之心醉」（Marcus, Mordecai）的特點。把弗羅斯特的這首詩與道家思想踐行者陶淵明的《庚戌歲九月中於西田獲早稻》做一比較很有意義。

  開春理常業，歲功聊可觀。
  晨出肆微勤，日入負禾還。
  山中饒霜露，風氣亦先寒。

這兩首詩都表達了在收穫季節真正的喜悅。大自然的饋贈是美的源泉，只有付出辛勤的勞動才能體會得到。勞累后的疲倦，伴隨著日落和季節變換的信號，使勞動者更容易與自然融為一體。和陶淵明一樣，弗羅斯特天生對土地深懷感情，尤其是在春季，他認為土地本身就蘊含著美。在《下種》（「PUTTING IN THE SEED」）中，弗羅斯特寫道：

  今天晚上你來叫我停下活回去，
  說晚餐已上桌，可我們將看看
  是否我能停止掩埋這些白色的
  從蘋果樹上落下的嬌嫩的花瓣
  （嬌嫩的花瓣，但非完全無益，
  可與這些或光或皺的豆種做伴）
  而跟你回家，或是否你已忘記
  來地裡幹什麼，變得和我一般，
  成為對土地懷一腔春情的奴僕。
  這腔春情多熾熱，當你把豆種
  埋入土中並等待它們破土而出，

> 那該是在土裡生出雜草的時候,
> 苗壯的籽苗將彎曲著身子抽芽,
> 頂開它的路,抖掉身上的泥渣。(普瓦里耶,理查森 166)

「頂開它的路,抖掉身上的泥渣」的籽苗充滿活力,這也體現了道家哲學有關強弱二者的對立轉化。和所有二元對立的事物一樣,強弱有時可以相互轉化,強可以變成弱,弱可以變成強。表面上柔弱的籽苗擁有內在的生命力最終會破土而出。弗羅斯特對土地的感情是他審美價值的基礎。他看到了自然世界的美,通過在自然世界的勞動,他對美的理解得到了進一步的升華。

總之,和道家一樣,弗羅斯特把自然看成美的唯一源泉,並總是迫切地把自己融入自然界。通過把自身與自然界擬人化的生物等同起來,弗羅斯特擴展了他的美學世界,感覺成了大自然的一部分。同時,和道家一樣,弗羅斯特認為自然的質樸是療治現代人類問題、淨化人生最好的良藥。因此,他高度評價了自然的質樸美,認為自然的質樸美可以給人類提供安寧。弗羅斯特的詩歌中大量出現了自然世界的事物,如鳥、樹、小溪、山脈和風雪,這讓讀者能享受到質樸美。另外,弗羅斯特認為真實、少抽象、務實的勞動,具有極大的美學價值,正如他的名句「真實是勞動所知曉的最甜蜜的夢」所言。弗羅斯特珍視通過田間勞動所獲得的知識,那是他與自然交流的方式。他還認為這種勞動能讓勞動者體會到一種成就感和滿足感。和道家思想的踐行者陶淵明一樣,弗羅斯特號召人們迴歸自然,他高度稱讚了農場勞動為最自然的生活方式並倡導精神上的獨立。在理解人類與自然關係時他更多地相信直覺,他對機器文明所帶來的物質財富持懷疑的態度,他號召人們「歸根」,過一種道家式的田園生活,享受自然的質樸美。他對大地母親有著內在的深情,在他詩歌中所體現出來的審美價值讓人不由得想起了道家美學思想。它們都是人類歷史長河中璀璨的珍寶,弗羅斯特的詩歌蘊含了道家美,能給讀者一種道家式的快樂,這也說明了中西方文化的相通性。雖然弗羅斯特生活在一個和老莊完全不同的文化背景中,但由於深受酷愛東方哲學的超驗主義先驅愛默生的影響,弗羅斯特的詩歌折射出對道家美學思想的反應,尤其是對人類與自然世界的同一美、質樸美、務實勞動崇高價值美的追求和向往。他詩歌中蘊含的道家美讓我們看到了中國古典哲學對世界文化的深刻影響,也體現了中西方文化的交融。當今社會,科學技術獲得了突飛猛進的發展,社會財富日益增加,然而隨之而來的是自然環境的日益惡化,人的精神世界的日益頹廢。人類該如何對待自然,該如何擺脫精神的束縛成為亟待解決的問題。研讀思索弗羅斯特詩歌中的道家美為解決當今日益嚴峻的生態危機和精神危機,促進社會的可持續發展提供了有益的思路。

第六節　弗羅斯特思想與中國經典道家思想的契合

文化是沒有國界的，是人類社會的共同財富。在文化交流的過程中，不同的思想相互碰撞、滋潤、融合，這是一個永不休止，並對社會發展起著重要作用的過程。面對生態危機和精神危機日趨嚴重的現代社會，人們不由得想起道家恬淡平靜、清靜無為的心境，親近自然、融於自然的生活情趣。於是道家思想對現代社會的發展以及促進現代人的身心健康就具有了特定的價值。道家思想特有的「出世」精神不僅對東方文化產生了深遠的影響，對西方人也有巨大的吸引力。據說《道德經》（又稱為《老子》），是歐美印數之多僅次於《聖經》的書。翟理斯1889年的全譯本《莊子》至今為學界珍視，對道家思想進行闡釋的著作也為數眾多（趙毅衡）。弗羅斯特是20世紀美國著名的詩人，他的詩歌帶有道家思想的一些特質。他與中國的道家思想都是以現實生活為取向的道德哲學，他們堅信人的道德源於「上帝」或「天」，因而倡導「神人合一」或「天人合一」；他們都認為世界是個連續的統一體，並強調人與自然、人與人、人與社會的和諧統一。為此本節通過從「道」與「上帝」、相似的「自然觀」、對「文明」的批判三個方面對弗羅斯特思想與中國經典道家思想的契合之處進行開拓性研究，探討道家思想對世界文化的深刻影響以及中西方文化的交融，同時吸取二者的精華——人與自然、人與人、人與社會的和諧，來正確處理現代社會人與自然、人與人、人與社會之間的關係，探尋一條如何從自然、社會和自我的束縛中解脫的道路，緩解現代社會的生態危機，促進現代人身心的健康發展。事實上，通過對弗羅斯特思想與中國經典道家思想的契合之處進行研究，不僅能幫助我們更好地理解弗羅斯特的詩歌，理解道家的智慧，還能幫助我們更好地融入大自然，領悟大自然中所蘊含的人生哲理。這是該領域的一個探索性研究，能為文學作品的解讀提供一個新的有意義的思路，同時也能讓讀者對弗羅斯特和道家思想有一個更新更深的理解。

一、「道」與「上帝」

老子和莊子是道家學說的創始人，后世並稱老莊。「道」是道家思想的智慧核心，老莊認為「道」是世界萬物的本原。關於「道」，《老子‧六十二章》中說「道者萬物之奧」，《老子‧一章》中說「眾妙之門」，《老子‧二十五

章》中說「為天地母」,《老子‧六章》中說「天地根」,《莊子‧齊物論》中說「已而不知其然謂之道」,《莊子‧天地》中說「夫道,覆載萬物者也」,《莊子‧漁父》中說「道者,萬物之所由也」。老莊還認為道具有難以被感性認識所把握的超驗性質,《老子‧三十二章》中說「道常無名」,《老子‧一章》中說「道可道,非常道」,《莊子‧齊物論》中說「道昭而不道」,《莊子‧知北遊》中說「道不可聞,聞而非也;道不可見,見而非也;道不可言,言而非也。知形形之不形乎!道不當名。」總之,老莊把「道」當做一種超越人的感性認識之上的萬物之本原來理解,這也是道家各派對「道」基本的、共同的理解。

老莊的「道」和弗羅斯特的「上帝」時空相隔久遠,卻有契合之處,二者都是萬物的本原,都是無所不在。研究弗羅斯特的專家馬庫斯(Marcus)指出「對於弗羅斯特來說,是上帝創造萬物,它的起源、本質和意圖是難以確定卻又為人所知的,因為它存在於人的精神之中,永恆地存在於我們所追求的一切事物之中。」在詩歌《春日祈禱》(「A PRAYER IN SPRING」)中,詩人寫道:

> 因為這是愛,是世間唯一的愛,
> 是注定要由上帝使之神聖的愛,
> 上帝聖化此愛是為了他的宏願,
> 但此愛此願卻需要我們來實現。(普瓦里耶,理查森 27)

在詩歌《懼怕上帝》(「THE FEAR OF GOD」)中,詩人寫道:

> 若是你竟然從低處升到高處,
> 若是你居然從白丁變成要人,
> 你千萬要對自己不斷地重複
> 你把這都歸功於任性的上帝,
> 雖他給你而非給別人的恩惠
> 經不起過分吹毛求疵的檢驗。
> 保持謙恭。(普瓦里耶,理查森 481)

弗羅斯特認為,人類是難以掌控世界運行機制。自然是人類物質的保障和精神的寄托,是人類靈感的源泉,蘊含人類靈魂的真諦,因而人類在自然面前要保持低姿態。精神存在於自然中,物質本身便是精神的象徵。這種精神包羅萬物,是一種無所不包、無處不在的力量,是超越人的感性經驗的上帝的化身,世界萬事萬物都是上帝的體現。

二、相似的「自然觀」

　　道家推崇「天人合一」的整體自然觀，把人類和天地萬物看成和諧統一的整體。在這一整體裡所有事物均衍生於「道」，都是相互聯繫、相互滲透的。《老子・四十二章》中說：「道生一，一生二，二生三，三生萬物。」這指出道生萬物，認為宇宙間的萬物都起源於「道」，肯定了「道」的本原性和普遍性。《老子・五十一章》中說：「道生之，德畜之，物形之，勢成之。是以萬物莫不尊道而貴德。」這指出「道」是產生天地萬物的源泉，同時又存在於萬物之中。天地萬物的生長、發育、成熟、繁衍都是由「道」化生而成。世界萬物皆平等，人類不要自恃聰明而凌駕於萬物之上。《莊子・大宗師》中說的「天與人不相勝也」，《莊子・齊物論》中說的「天地與我並生，而萬物與我為一」都表達了要保持人類與世間萬物平等和諧相處的思想，這也是莊子「天人合一」思想的一種反應。人類作為萬物之一，只有遵循「道」的規律，做到虛受一切，平等對待自然中的其他存在物，才能實現人類與自然的和諧相處，從而呈現「天人合一」的狀態。

　　弗羅斯特所處的時代，人類為了發展工業，不惜以犧牲自然為代價。弗羅斯特對此極為反感，他認為人類並非萬物之王，人類與自然是平等的，人類應當對自然中其他的存在物有憐憫和敬畏之心。只有敬畏自然，善待自然，才能實現人類與自然的和諧。帶著深受中國儒道文化影響的愛默生的影子，弗羅斯特筆下的自然是精神化的自然，在弗羅斯特看來，人與自然仿佛是一體的，人的存在與世間萬物的存在一樣，都是神的啟示，是上帝的啟示。因此，人類應當敬畏自然，順應自然，迴歸自然，到自然中去尋找生命的真正意義，從而實現「神人合一」。在《雪》(「*SNOW*」) 中，詩人寫道：

> 我們的生命依賴於萬事萬物之重現，
> 直到我們從內心對其作出回應。(普瓦里耶，理查森 196)

　　在《小河西流》(「*WEST-RUNNING BROOK*」) 中，詩人將這對夫婦帶回大自然的懷抱：

> 回到一切源頭的源頭，
> 回到永遠在流逝的萬事萬物的溪流。(普瓦里耶，理查森 332)

　　從弗羅斯特對人與自然的理解，我們不難看出，弗羅斯特和老莊一樣，看到了人類與自然和諧相處的重要性，因而倡導人類迴歸自然，善待自然。現代

社會，人類中心主義思想盛行，人類對自然界的過度索取、掠奪、徵服，破壞了人類與自然平衡和諧的整體關係，導致人類與自然的矛盾日益尖銳。在生態環境日益惡化的今天，借鑑老莊和弗羅斯特的自然觀，反思人類與自然割裂的教訓，這對重新調整人類與自然的關係，促進人類與自然的和諧相處，保護好環境具有一定的現實意義。

三、對「文明」的批判

老子和莊子處於春秋戰國時期，當時社會動盪不安。他們主張尋求自我，反對「文明」，倡導迴歸自然，實際上是渴求從紛紜複雜的人類世界和糾纏不清的社會關係中隱退。《老子·八十章》提出了「小國寡民。使有什伯之器而不用；使民重死而不遠徙」的思想。莊子借種菜老人的話語表達了反對世人一味追求智巧，追求所謂的文明，主張人們讓一切返璞歸真的社會觀。《莊子·天地》中寫道：「有機械者必有機事，有機事者必有機心。機心存於胸中，則純白不備；純白不備，則神生不定；神生不定者，道之所不載也。」其意是說有了機械之類的工具后必然會出現機巧之事，有了機巧之事后必然會有機變的想法。心中只要有機變的想法，那麼原來沒有受到世俗污染的純淨心境就會變得不完整；純淨的心境如果不完整，那麼精神就不再安定；精神如果不安定，那麼心就不能被大道充實。只有見素抱樸，少私寡欲，不去追求所謂的文明才能實現人與人的和諧，化解人與人之間由於過分追求物欲所引發的矛盾，使人的精神從他人和社會的驅使中解放出來。弗羅斯特也反對代表文明的科技，認為它是「權力知識，本身既不是一種認識，也不是一種智慧」(Cady, H Edwin)。弗羅斯特對文明的批判起因於社會的變化，尤其是所謂的「機器文明」所帶來的變化。20世紀的西方，科技文化空前繁榮，人的慾望不斷膨脹。「技術的白晝是世界的黑夜」（陳小玲），「機器文明」在增加了物質財富的同時，摧毀了鄉村平靜的生活，破壞了人類賴以生存的自然環境，也毀滅了人性。「文明」在弗羅斯特看來，是以科技的運用以及商業化和工業化為特徵的人造現象，對自然世界是弊大於利的。為此，弗羅斯特借助詩歌呼籲人類保護自然，反對基於科技、商業化和工業化基礎之上的文明。這在他的一些詩歌中都有所體現。例如，《城中小溪》表達了詩人對工業文明污染、破壞自然的強烈抗議和對鄉村生態和人類未來的擔心與憂慮（李海彥，劉珍龍）。《海龜蛋與火車》（「THE EGG AND THE MACHINE」）講述了一個旅行者出於難以名狀的怒火向呼嘯而來的火車欲實施攻擊性行為。

他咬牙切齒地朝鐵軌踢了一腳。
從遠處傳來咔嗒一聲作為回應,
接著又是一聲。他懂得那密碼:
他的仇恨使一列火車向他駛來。
他真希望他獨自佔有鐵路之時
曾用木棒石塊向它發起過攻擊,
像折樹枝一樣把某段鐵軌弄彎,
讓那該死的火車一頭栽進溝裡。
可現在太遲了,我只能怪自己。
那種咔嗒咔嗒已變成轟隆轟隆。
火車像鞍韉華麗的馬迎面衝來,
他因害怕灼熱的噴氣而往後退。
一時間眼前是一陣巨大的騷亂,
他衝火車上那些神祇大叫大嚷,
但是一聲呼嘯淹沒了他的叫聲。
然后那片沙灘又重新恢復寧靜。
這位旅遊者看見一只海龜爬行,
有斑點的腳之間露出一條尾巴,
他跟著那只海龜到了一個地方,
認出那裡有埋藏海龜蛋的痕跡;
他伸出一根手指頭輕輕地探測,
發現沙子很松軟,這足以說明
那正是海龜為孵蛋而挖的沙洞。
要是裡面有蛋,那應該是九枚,
蛋殼粗糙如皮革,形狀像水雷,
在沙洞裡擠做一堆等待著號聲。
「你們最好別再來煩我,」他衝
遠方喊,「我已有了打仗的武器。
下一列火車有本事再從這裡過,
我要讓它的玻璃眼珠沾上蛋漿。」(普瓦里耶,理查森 345-346)

這首詩展現了弗羅斯特對機器文明侵蝕自然和人性根深蒂固的仇恨。代表文明的飛速呼嘯的火車和緩慢安靜的生蛋海龜之間的對比生動地刻畫了現代工業化的快節奏和自然世界的慢節奏,也反應了作者對此的恨與愛。弗羅斯特似

乎在說任何干擾自然世界的行為都應該廢除,即便那是科學或科技的發展。又如,在《培育土壤——一首政治田園詩》(「BUILD SOIL—A political pastoral」)中,詩人寫道:

> 我知道羊毛已跌到七美分一磅。
> 不過我並沒打算出售我的羊毛。
> 我也不曾賣土豆。我把它們吃了。
> 以后我就穿羊毛織物並吃羊肉。(普瓦里耶,理查森 400)

接下來,詩人進一步諷刺商業貿易,說:

> 有時候我困惑地發現
> 商業貿易也有好處。我干嗎要
> 把蘋果賣給你,然後又買你的呢?
> 這不可能只是要給強盜們創造機會。
> 使他們能攔路搶劫並徵收運輸稅。
> 說從中得到享受,這想法又太平庸。
> 我估計就像與人鬥嘴或與人調情,
> 它會有益於健康,而且很有可能
> 使我們富有生氣,使我們變得完美。
> 走向市場是我們注定的命運。
> 但雖說我們終將送許多東西到市場,
> 有更多東西仍從不上市或不該上市。(普瓦里耶,理查森 407)

　　詩人在此闡明的反對商業,自給自足的思想與老子的求真尚樸、去偽棄詐思想有著異曲同工之妙。這些思想都是針對人類文明發展所產生的問題,尤其是針對商業貿易和科技發展所帶來的虛偽詐欺等各種弊病而提出來的。這些思想啟示人類:文明的進步不能以限制和約束人類的自然本性為代價;科學技術的發展應該與人性的發展相符合,如果科技、商業、工業的發展不以道德和人性為標準,必將帶來災難,甚至導致人類的自我毀滅。

　　總之,道家思想博大精深,不僅對中國文化產生了深遠的影響,對世界文化也產生了深刻的影響。弗羅斯特思想與道家思想雖時空相隔久遠,卻存在契合之處。首先,道家把「道」視為世界的本原,是超越人的感性認識之上的客觀存在,弗羅斯特認為是「上帝」創造萬物,「上帝」超越了人感官的認知限度,是一種無所不包、無處不在的力量。弗羅斯特的「上帝」和道家的「道」兩者都體現了「輕物質,重精神」的特徵,即兩者都是萬物的本原,都

是無處不在、自在自為、超驗而完美的。人類與自然中其他存在物具有同源性，這有助於我們反對人類中心主義，反對一切以人為中心，反對破壞自然。其次，道家把人類與自然看成一個大的相互聯繫、相互滲透的生命整體，倡導「天人合一」；弗羅斯特認為人類與自然是平等且相互作用和相互聯繫的，人的存在與世間萬物的存在都一樣，都是神的啟示。因此，人類應當敬畏自然，善待自然，從而實現「神人合一」。道家的「天人合一」和弗羅斯特的「神人合一」其實質都是強調要實現人類與自然的和諧，只不過道家的「天」在弗羅斯特筆下變成了「神」。最后，面對人類文明發展所帶來的弊端，道家提出的小國寡民、求真尚樸、去偽棄詐思想與弗羅斯特提出的反對科技和商業的泛濫、自給自足的思想有著異曲同工之妙。他們都看到了「文明」所帶來的環境的破壞、人性的異化、道德的衰落，渴望迴歸簡樸的生活，迴歸人與自然、人與人、人與社會和諧相處的理想狀態。今天，隨著科技的突飛猛進和財富的快速增長，人類的生存環境日益惡化，自然萬物成為人類徵服的對象；與此同時，人類的精神世界日益荒蕪，人類被所謂的「文明」奴役，喪失生命的本真而成為身外之物的奴隸。研究思索道家和弗羅斯特的思想，對於我們反省人類該如何生存，在珍惜自身的同時也要善待其他存在物，建立人類與自然和諧相處的生態環境，不為物累，改善自身的精神狀態具有重要的啟迪和借鑑意義。

第四章　結語

　　詩人表達的是對日常生活的感覺……在羅伯特·弗羅斯特的作品裡如此簡單而又那麼豐富。補牆，匯集了藍莓，一片古老的雪，一條結蘋果時的奶牛，一條干涸的小溪，兩個搬進新居的人，一對夫妻回家看一個老人——這些慣常的事情無須裝飾或作為說教粉飾的主題，或者事件被提升到一個「詩意」的水平，而像畫面和事件內在的美，不是由於它們的可能性而是因為它們自身被欣賞……

　　他賦予如此民族風味的情感、思想和詞語以及新鮮感，在他的地方色彩裡，自從惠特曼以來沒有詩人比他更美國化，更有普遍性。

——路易斯·昂特梅耶

　　在它的所有辛辣裡沒有其他的地方我們能找到那種尖刻，那一些芳香的辛辣爽利是在新英格蘭。

——T. K. 惠普爾

　　弗羅斯特先生精確地寫下他看見的東西。但是，成為一個真正的詩人，他說這個過程是生動的而且帶著一種吸引力——即轉變自己進入一種優美而樸素的表達。他是一個突出的觸景生情的詩人。他先以他溫和的通情達理，和他的令人信服、不動聲色的情感力量來誘導；稍后，我們被他的力量徵服，並且感佩於他幾乎無與倫比的技巧。但是，他的想像力被他的生活所局限，他受限於他的經驗的範圍內（或至少是他的親身經歷），而暴風中的所有彎曲像新英格蘭山邊風吹的樹。總之，藝術生根於土壤裡，也只有一個最偉大的人能做到既是世界性的又是偉大的。弗羅斯特先生作為新英格蘭人像蘇格蘭的伯恩斯，愛爾蘭的辛格，或普羅旺斯的米斯特拉爾，也許無須說的太多，他是與這些詩人同等的詩人，將流傳后世。

——艾米·洛威爾

從以上對弗羅斯特的評價，我們可以看到作為美國非官方的「桂冠詩人」，弗羅斯特在20世紀的美國詩歌界有著舉足輕重的地位。帕里尼（Jay Parini）在《哥倫比亞美國文學史》中說：「羅伯特·弗羅斯特是一個機敏的詩人……『真正的』弗羅斯特並非那個在美國到處朗讀他那通俗易懂的詩文的……那位慈眉善目的老人，而是一個複雜，甚至是晦澀的詩人，一個具有非凡筆力和永久重要性的作家。」（Emory Elliott）他的詩歌貌似簡單，實則意蘊深厚，含義雋永，寓深刻的思考和哲理於平淡無奇的內容和簡潔樸實的詩句之中，具有很強的感染力。「簡單的深邃」（Peper Van Egmond）是弗羅斯特詩歌創作最顯著的特徵，正如弗羅斯特的傳記作者勞倫斯·湯普森（Lawrance Thompson）所述，「就像絕大多數弗羅斯特的崇拜者一樣，被他那貌似簡單的詩歌藝術所迷惑，以至無法透視詩人所佩戴的微妙假面」。實際上，他的詩歌絕不是表面上看似那麼簡單，他的詩歌富含濃鬱的鄉土氣息和誘人的田園情趣，以至於人們常常將其與中國著名的踐行道家生活方式的田園詩人陶淵明相提並論。通過對弗羅斯特詩歌的深層解讀，可以發現弗羅斯特的詩歌閃耀著生態批評和道家哲學的熠熠光輝。

　　生態批評的主體是人與自然的關係。深層生態學是生態批評的一個重要組成部分，是對人與自然關係的深刻反思。儘管弗羅斯特不是一位生態學家，但他的詩歌卻體現了詩人超前的深層生態意識。首先，弗羅斯特是反對人類中心主義，認為人類和自然的關係是平等、相互聯繫和相互作用的。他深信人類與自然密不可分的關係，正如他在詩歌中所描述的，自然能夠滿足人類物質和精神需求，與人類處於平等地位，因此人類應當尊重自然，清除人類中心主義把人類統治自然視為理所當然的錯誤看法。弗羅斯特還認為人類應當敬畏自然，敬畏自然中的其他存在物，這些觀點是對人類中心主義的有力挑戰，與深層生態學所倡導的生態中心主義平等不謀而合。其次，弗羅斯特認為自然願意滋養萬物包括人類，但人類應當停止旨在滿足人類不合理需求而去徵服自然的魯莽行為。弗羅斯特認為人類可以去自然中索取維護人類生存的必需品，但人類從自然界索取資源時不能貪得無厭，人類應當適度利用自然，恢復自然原貌或順其自然地發展。正如弗羅斯特在一封信中寫道：「大自然慷慨地給我們提供了食物，但我們如果要幸存下來，我們的劫掠需要得到限制。」（Cox, Sidney）為此弗羅斯特倡導「只取自然願意給予的」（Lathem E. C），讓自然順其自然地可持續發展。只有這樣，才能達到人類的自我實現。人類與自然是休戚相關、不可分割的。再次，弗羅斯特認為以科技工業為基礎的社會不僅使人與自然關係疏離，也造成了人的異化。弗羅斯特珍視健康持續內在豐富的生活方式。他

第四章　結語 | 121

高度讚揚了田園生活，反對建立在科技、商業和工業基礎之上的工業文明所帶來的物質財富的極大豐富。這與深層生態學的指導性原則「手段簡樸，目的豐富」的生活方式殊途同歸，都倡導一種簡樸健康的生活方式。總之，從深層生態學的視角解讀弗羅斯特的詩歌，人們會對弗羅斯特的偉大洞察力大為驚嘆。他的詩歌遠離塵囂，很少關注中產階層的社會問題，而是對人與自然的關係表現了極大的關心。他不是深層生態學家，但他對人類的真誠關愛，對人與自然密不可分關係的闡釋和對簡樸生活方式的倡導與深層生態學的基本原則不謀而合。在弗羅斯特的詩歌中，我們可以意識到弗羅斯特反對人類中心主義，堅信人與自然的相互關聯與不可分割，這與深層生態學所提倡的生態中心主義平等殊途同歸；在對待自然的態度上，弗羅斯特要求我們適度利用自然或順其自然發展，這與深層生態學所提倡的自我實現原則不謀而合。儘管弗羅斯特不是一位像奈斯那樣的生態學家，他也倡導一種「手段儉樸，目的豐富」的生活方式。他在詩歌中不斷提醒人們要反對工業文明並迴歸簡樸的田園生活，從而實現人類與自然和諧共存，這一切使其作品閃耀出生態批評的熠熠光輝。

儘管弗羅斯特生活在 19 世紀末，而道家思想創始人老子卻生活在約公元前 571 年至公元前 471 年，兩人生活相距 2,000 多年之久，但兩人的思想卻是如此相似。弗羅斯特生活的世界科技高速發展，但他最喜歡的仍是農場生活，也就是自然。老子及其繼承者莊子生活的時代人們飽受戰亂之苦，人們渴望迴歸自然，回到小國寡民的生活時代。對自然的關注，使弗羅斯特和老莊能超越時空的距離，形成共鳴。在人與自然關係方面，老莊非常重視人與自然關係的協調、和諧。老莊認為人類與萬物具有同源性和同構性，都是從「道」那裡衍生出來的。萬物與人類都是平等的，因此人類既要重視人性也要重視「物性」，以免出現萬物莫不失其性，引起自然秩序的紊亂，人類生存環境的失調。人類在從自然界索取資源時，要適可而此，不要恣意妄為，正如《老子‧六十四章》所寫：「以輔萬物之自然，而不敢為。」其意是說要輔助萬物以其自然的本性發展變化，而不敢恣意妄為。只有把宇宙萬物看成一個生命系統，重視人類生存環境和生態環境的保護，才可能實現「天人合一」。面對物欲的外在誘惑，老莊提出為人要質樸，不要私心太重、慾望太多，要保持恬淡為上、知足常樂的心境，謹守自然的本性，返璞歸真。老莊勸導人們迴歸純樸本性，清心寡欲，特別是不要玩弄聰明來謀取私利，統治者也沒必要通過人為的規範來強調仁義，因為人與人之間原本存在親和的關係，越是強制，人與人之間的關係就越是疏遠，這就是老莊強調的「絕聖棄智，絕仁棄義」。通過從道家思想的角度解讀弗羅斯特的詩歌，我們可以發現弗羅斯特認為人類與自然

是平等的，自然事物不僅僅是客觀事物，而且是客觀存在。像人類一樣，自然萬物皆有靈性。人類應當敬畏自然，善待自然，才可能實現人類與自然的和諧，這與道家的「天人合一」相一致。弗羅斯特認為物質財富的過度豐富不但沒有給人類帶來好處，還會異化人性。因此，他號召人們迴歸田園，迴歸簡樸生活，這與道家的「返璞歸真」相吻合。弗羅斯特反對大力宣揚仁義，反對從道德上強制人們互愛，反對發明創造，擯棄智巧，這正與道家的「絕聖棄智，絕仁棄義」思想如出一轍。弗羅斯特和老莊對他們各自所處時代對待人生的價值和態度進行了深思。弗羅斯特的詩歌表面上是描述自然，事實上卻是在抒寫人生，探索宇宙真理。從他那些描寫新英格蘭鄉村生活的詩歌裡，我們能得到如迴歸自然、簡化物質追求、追求更高的精神享受之類的頓悟。同樣地，老莊所關心的也是人類存在的問題。為了擺脫所處時代的困境，老莊倡導自立、精神自由，指引人們去追求內在的寧靜和精神上的超越。弗羅斯特詩歌中的自然有其自身的特色。弗羅斯特尊重自然中的一切事物，把它們當做能與他進行精神交流的事物。他詩歌寫作的過程也就是他親近自然的過程。在自然中體驗超越，累積智慧，達到精神上的升華。老莊也倡導尊重自然，實現人類與自然的和諧相處。老莊認為自然的美能淨化人的心靈，幫助人類克服文明發展過程中所帶來的誘惑。老莊強調事物都是按其自身規律自行發展，因而倡導順其自然。在政治領域中，老莊倡導無為而治，領導者應盡可能地不去干涉民眾。弗羅斯特追尋內心的渴求去工作、生活，儘管他不善於農耕，有時得以教書謀生，但這並不能阻止他在農場上的生活和寫作。他遵循他內在的意向。在他的詩歌中我們能發現很多像樹、花、草等自然界的事物用來隱喻他對自然和人類生活的思索。為了達到寧靜之狀態，老莊倡導應當減少慾望。受到田園詩歌藝術的偉大傳統，弗羅斯特的詩歌也刻畫了隱退、靜思、靜修。但在他的眼裡，隱退並不是逃避，而是追求，他的謙虛中立並不是起源於害怕，而是他對自然的尊重。弗羅斯特的詩歌中倡導適度利用自然，反對為滿足過分奢侈的需求而工作，崇尚融職業與興趣為一體的工作。弗羅斯特認為，應當在工作的過程中體驗生活，享受工作，否則就是浪費。這種觀點強調個人的人生價值，這也是道家思想所倡導的。對老莊和弗羅斯特來說，在自然中深思、與自然交流是淨化身心、瞭解宇宙真理的有效方式。用這種方式，弗羅斯特才實現了「對生活的澄清」。保持虛靜是道家哲學的一個重要方面，通過它能實現人類與自然的和諧。通過對弗羅斯特詩歌的分析，我們能看到老莊和弗羅斯特在使人們走出困境方面有著共識，也就是在於自然。自然是人類精神的源泉，對自然的體驗和感知安撫了那些飽受過度工業化之苦的人們。親近自然，在自然中

放松能幫助人們發現自我，在寧靜中享受有價值的充實的人生。

綜上所述，在生態和精神危機日益嚴峻的今天，人與自然、人與人、人與社會之間的關係不斷惡化。如何維護人與自然、人與人、人與社會之間的和諧相處之道，從生態批評和道家哲學的角度研讀思索弗羅斯特詩歌中的深層生態意識和道家思想對我們有著重大的啟示。弗羅斯特在詩歌中告訴我們要實現人類與自然的生態中心主義平等，善待自然達到自我實現以及迴歸「手段簡樸，目的豐富」的生活方式。這一切都有利於維護生態平衡，實現生態共生以及樹立新型的價值觀、消費觀，對解決現代人類面臨的日益嚴峻的生態危機具有重要的理論和現實意義。研讀思索弗羅斯特詩歌中的深層生態意識和道家思想，不僅能為我們借鑑人類優秀文化遺產緩解當今日益嚴峻的生態和精神危機提供有益的思路，而且也能幫助人們樹立生態自然觀，正確的人生觀和新型的政治觀，對我們今天的環境保護和可持續發展具有重要的理論和現實意義。道家創始人老莊強調「天人合一」，意指人類和天地萬物的合一。弗羅斯特在詩歌中告訴我們人類與自然是平等的，人類應當敬畏自然，善待自然，才能實現人類與自然的和諧，從而實現「天人合一」。弗羅斯特和老莊提出的人類與自然有機統一的自然觀，有助於我們建立生態自然觀，反對人類中心主義，保護好環境。生態自然觀認為，非人類存在物和人類一樣，具有自身的價值和存在的權利。正如美國著名生態學者羅爾斯頓所言，自然界的內在價值是自然「所固有的價值，不需要以人類為參照」（霍爾姆斯・羅爾斯頓）。人類應當用整體的觀點來認識大自然，認識大自然的內在聯繫。「那種認為世界完全獨立於我們的存在之外的觀點，那種認為我們與世界僅僅存在外在的『相互作用』的觀點，都是錯誤的。」（大衛・格里芬）因此，人類作為整體中的一部分，不是獨立於天地萬物之外，而是與天地萬物交織在一起，具有內在的聯繫。人類應當維護與自然平衡和諧的整體關係。當今全球性的環境污染、生態破壞，人類與自然的關係日益惡化，人類面臨嚴重的生存困境，難以走上可持續發展的道路。思索生態批評、道家思想和弗羅斯特有關人類與自然關係的慧見卓識，重調人類與自然的關係，對於緩解當今日益嚴峻的生態危機，樹立生態自然觀具有一定的促進作用。

深層生態學提出的一個十分重要的原則，就是「手段儉樸、目的豐富」的生活方式，它倡導對生活質量的讚賞，而不是追求一種不斷提高的更高要求的生活標準。弗羅斯特和老莊都看到了物質文明的發展所帶來的人性的異化，因此在生活方式上，他們也都反對過度追求物質利益，崇尚簡樸生活。現代社會物欲橫流，人們精神上日益空虛，人們對物質享受等過度追求，由此產生的

種種問題都是人們對外在物質的強烈願望所引起的。只有「返璞歸真」，建立正確的消費觀和價值觀，才能使人們抵制物質的誘惑，不為物累，保持心靈的平靜。人生在世很難做到無私無欲，但是不可慾望太多、私心太重，要學會放棄物質的外在誘惑，為人質樸，恬淡寧靜。要將私欲在自己的內心世界中進行自我調節、自我限制、自我清除。只有通過克制自己的慾望，對物質生活不過分奢求，生活得清簡樸素一些，不為個人私利所累，才能減少人生的精神壓力和痛苦。在當今充滿慾望的社會裡，「返璞歸真」的思想對於化解人與人之間由於過分的物欲追求所帶來的衝突，超越外物的束縛，保持心緒的寧靜，使人的精神從他人和社會的驅使中解放出來，擺脫功名利祿等束縛人性的桎梏，以淡泊的心態面對人生無疑具有重要的意義。當我們閱讀弗羅斯特有關政治的詩歌時，我們發現他的思想與道家政治層面上的「無為」非常相似。弗羅斯特崇尚無為而治，一切順其自然，遵循民意，以自然無為之道愛民，這正與道家的「無為」思想如出一轍。他們都反對統治者憑藉強權，強行治理國家，他們都倡導「無為而治」。「無為而治」既是治國的一種方式，也是治國的最高境界。如果統治者能夠做到「無為而治」，不過多干擾民眾，不朝令夕改，讓百姓安居樂業，國家自然能夠和諧穩定。胡適曾說：「凡是主張無為的政治哲學，都是干涉政策的反動。因為政府用干涉政策，卻沒有干涉的本領，越干涉越弄糟……」當今社會，國際局勢的緊張在一定程度上與政府的干涉也有關係。如果政府採取「無為而治」的政策，讓企業按照市場經濟的規律去發展，讓百姓淳樸地按照自身的意願去生活，人民自然擁戴這樣的政府。人民盡職做好自己的本職工作，安寧質樸地生活，創造的財富日益增加，國家自然也就富足了，社會自然能夠和諧穩定。

在生態環境日益惡化，物欲橫流的現代社會裡，人們的精神是一片荒漠。靜心讀一讀生態批評、道家哲學和弗羅斯特的詩歌，思考研究弗羅斯特詩歌中的深層生態意識和道家思想，體會其中蘊含的哲理，對於人類用全新的生態觀念重調人類與自然的關係，樹立生態自然觀，合理利用自然資源，創建適合人類生存和發展的生態環境以及踐行簡樸的生活方式，抑制不斷膨脹的物欲，尋求心靈的寧靜和升華具有重要的指導意義，也有助於人類以無為的方式樹立新型的政治觀，促進人與社會的和諧。弗羅斯特詩歌中的深層生態意識和道家思想，不僅證明了中西文化的相通性，也為我們樹立正確的自然觀、人生觀和政治觀提供了重要的指導作用。

主要參考文獻

[1] Barnhill, David Landis, Roger S. Gottlieb. Deep Ecology and World Religions: New Essays on Sacred Grounds [M]. Albany: State University of New York Press, 2001.

[2] Bender, Frederic L. The Culture of Extinction: Toward a Philosophy of Deep Ecology [M]. NY: Humanity Books, 2003.

[3] Brower, Reuben Arthur. The Poetry of Robert Frost: Constellations of Intention [M]. New York: Galaxy-Oxford UP, 1968.

[4] Buxton, Rachel. Robert Frost and Northern Irish Poetry [M]. New York: Oxford University Press, 2004.

[5] Cady, H. Edwin. On Frost [M]. Durham: Duke University Press, 1991.

[6] Cook, Reginald L. Robert Frost: A Living Voice [M]. Amherst: University of Massachusetts Press, 1974.

[7] Coupe, Laurence. The Green Studies Reader: from Romanticism to Ecocriticism [M]. New York: Routledge, 2000.

[8] Cox, James M. Robert Frost: A Collection of Critical Essays [M]. Englewood Cliffs (N. J.): Prentice-Hall, 1962.

[9] Cox, Sidney. Letters from Robert Frost [M]. New York: Holt, Rinehart and Winston, 1999.

[10] D'Avanzo, Mario L. A Cloud of Other Poets: Robert Frost and the Romantics [M]. Lanham: University Press of America, 1991.

[11] Devall, Bill, George Sessions. Deep Ecology [M]. Salt Lake City: G. M. Smith, 1985.

[12] Elliott, Emory. Columbia Literary History of the United States [M]. New York: Columbia University Press, 1988.

[13] Faggen, Robert. Robert Frost and the Challenge of Darwin [M]. Ann Arbor: University of Michigan Press, 1997.

[14] Faggen. The Cambridge Companion to Robert Frost [M]. Shanghai: Shanghai Foreign Language Education Press, 2004.

[15] Gary Sloan. Robert Frost: Old Testament Christian or Atheist? [EB/OL]. http://www.eclectica.org/v7n2/sloan.html.

[16] Gerber, Philip L. Critical Essays on Robert Frost [M]. Boston: G. K. Hall & Co. 1982.

[17] Glasser, Harold. The Selected Works of Arne Naess [M]. Dordrecht: Springer, 2005.

[18] Glotfelty, Cheryll, Harold Fromm. The Ecocriticism Reader: Landmarks in Literary Ecology [M]. Athens: The University of Georgia Press, 1996.

[19] Gottlieb, Roger S. This Sacred Earth: Religion, Nature, Environment [M]. New York: Routledge, 2004.

[20] Greenberg, Robert A., James G. Hephburn. Robert Frost: An Introduction [M]. New York: Holt, Rinehart & Winston, 1961.

[21] Hass, Robert Bernard. Going by Contraries: Robert Frost's Conflict with Science [M]. Charlottesville: University Press of Virginia, 2002.

[22] Katz, Eric, Andrew Light, David Rothenberg. Beneath the Surface: Critical Essays in the Philosophy of Deep Ecology [M]. Mass.: MIT Press, 2000.

[23] Kerridge, Richard, Neil Sammells. Writing the Environment: Ecocriticism and Literature [M]. New York: Zed Books, 1998.

[24] Lathem, Edward Connery. The Poetry of Robert Frost: the Collected Poems, Complete and Unabridged [M]. New York: Holt, 1969.

[25] Love, Glen A. Practical Ecocriticism: Literature, Biology, and the Environment [M]. Charlottesville: University of Virginia Press, 2003.

[26] Lucas Longo. Robert Frost, Twentieth Century American Poet Laureate [M]. Story House Corp. 1972.

[27] Lynen, John F. The Pastoral Art of Robert Frost [M]. New Haven: Yale UP, 1960.

[28] Marcus, Mordecai. The Poems of Robert Frost: an Explication [M]. Boston: G. K. Hall, 1991.

[29] Marx, Leo. The Machine in the Garden: Technology and the Pastoral Ideal

in America [M]. New York: Galaxy-Oxford UP, 1967.

[30] Mazel, David. A Century of Early Ecocriticism [M]. Athens: University of Georgia Press, 2001.

[31] McDowell, Michael J. Since Earth is Earth: An Ecological Approach to Robert Frost's Poetry [J]. South Carolina Review, 1991, 24: 92-100.

[32] McLaughlin, Andrew. Regarding Nature: Industrialism and Deep Ecology [M]. Albany: State University of New York Press, 1993.

[33] Meeker, Joseph M. The Comedy of Survival: Studies in Literary Ecology [M]. New York: Scribner, 1974.

[34] Monteiro, George. Robert Frost & The New England Renaissance [M]. Kentucky: The University Press of Kentucky, 1988.

[35] Nitchie, George Wilson. Human Values in the Poetry of Robert Frost: a Study of a Poet's Convictions [M]. New York: Gordian Press, 1978.

[36] Pack, Robert. Belief and Uncertainty in the Poetry of Robert Frost [M]. Hanover: Middlebury College Press, 2003.

[37] Parini, Jay. Robert Frost: A Life [M]. New York: Henry Holt and Company, 1999.

[38] Parini, Jay. The Columbia History of American Poetry [M]. New York: Columbia University Press, 1993.

[39] Poggioli, Renato. The Oaten Flute: Essays on Pastoral Poetry and the Pastoral Ideal [M]. Cambridge: Harvard University Press, 1975.

[40] Poirier, Richard. Robert Frost: the Work of Knowing [M]. New York: Oxford University Press, 1977.

[41] Poirier, Richard, Mark Richardson. Robert Frost Collected Poems, Prose & Plays [M]. New York: Literary Classics of the United States, Inc, 1995.

[42] Reed, Peter, David Rothenberg. Wisdom in the Open Air: the Norwegian Roots of Deep Ecology [M]. Minneapolis: University of Minnesota Press, 1993.

[43] Richardson, Mark. The Ordeal of Robert Frost: the Poet and his Poetics [M]. Urbana: University of Illinois Press, 1997.

[44] Richardson, Robert D. Ralph Waldo Emerson: Selected Essays, Lectures, and Poems [M]. New York: Bantam Books, 1990.

[45] Robert A. Greenberg, James G. Hephburn. Robert Frost: An Introduction [M]. New York: Holt, Rinehart & Winston. 1961.

[46] Sessions, George. Deep Ecology for the Twenty-first Century [M]. New York: Random House, 1995.

[47] Snyder, Gary. Turtle Island [M]. New York: New Directions Books, 1974.

[48] Tallmadge, John, Henry Harrington. Reading Under the Sign of Nature [M]. Salt Lake City: the University of Utah Press, 2005.

[49] Thompson, Lawrance. Robert Frost: The Early Years, 1874—1915 [M]. New York: Holt, Rinehart and Winston, 1966.

[50] Thompson, L. Selected Letters of Robert Frost [M]. New York & Chicago: Holt, Rinehart and Winston, 1964.

[51] Thompson, Lawrance, R. H. Winnick. Robert Frost, a Biography [M]. New York: Holt, Rinehart and Winston, 1982.

[52] Thompson, Lawrance, R. H. Winnick. Robert Frost: The Later Years 1938—1963 [M]. New York: Holt, Rinehart and Winston, 1976.

[53] Thoreau, Henry David. Walking in Henry David Thoreau: Essay, Journals, and Poems [M]. Conn: Fawcett, 1975.

[54] Trikha, Manorama. Robert Frost: an Anthology of Recent Criticism [M]. Delhi: Ace Publications, 1990.

[55] Tutein, David W. Robert Frost's Reading: an Annotated Bibliography [M]. NY: Edwin Mellen Press, 1997.

[56] Tuten, Nancy Lewis, John Zubizarreta. The Robert Frost Encyclopedia [M]. Westport: Greenwood Press, 2001.

[57] Van Egmond, Peter. Robert Frost: a Reference Guide, 1974—1990 [M]. Boston: G. K. Hall, 1991.

[58] Van Wyck, Peter C. Primitives in the Wilderness: Deep Ecology and the Missing Human Subject [M]. Albany: State University of New York Press, 1997.

[59] Vendler, Helen. Voices and Visions [M]. New York: Random House, 1987.

[60] Waggoner, Hyatt H. The Strategic Retreat: Robert Frost in American Poets from the Puritan to the Present [M]. Boston: Houghton Mifflin Company, 1968.

[61] Warren, Robert Penn. The Themes of Robert Frost, in Selected Essays of Robert Penn Warren [M]. New York: Random House, 1958.

[62] Watkins, Floyd C. Going and Coming Back: Robert Frost's Religious Po-

etry, in South Atlantic Quarterly [M]. Durham: Duke University Press, 1974.

[63] Wilcox, John. Robert Frost: the Man and the Poet [M].UCA Pree. 1990.

[64] Y. Winters. Robert Frost: The Spirital Drifter as Poet [J]. Sewanee Review, 1948 (4): 564-596.

[65] Worster, Donald. The Wealth of Nature: Environmental History and the Ecological Imagination [M]. New York: Oxford University Press, 1993.

[66] Zabel, Morton D. Literary Opinion in America [M]. 3rd ed. New York: Harper & Row, Publishers, Inc., 1962.

[67] 博爾赫斯. 博爾赫斯口述 [M]. 王永年, 譯. 杭州: 浙江文藝出版社, 2008.

[68] 曹孟勤. 人與自然「深層」關係辨析——從深層生態學出發談人與自然的本真關係 [J]. 南京師大學報: 社會科學版, 2005 (2): 5-9.

[69] 程愛民. 20世紀英美文學論稿 [M]. 上海: 上海外語教育出版社, 2001.

[70] 陳小玲. 宗教倫理思想對弗羅斯特詩歌的影響 [J]. 湖南科技學院學報, 2009 (10): 60-62.

[71] 大衛·格里芬. 后現代科學——科學魅力的再現 [M]. 馬季方, 譯. 北京: 中央編譯出版社, 1995.

[72] 郭豔華. 走向綠色文明 [M]. 北京: 社會科學出版社, 2004.

[73] 黃宗英. 弗羅斯特研究 [M]. 上海: 上海外語教育出版社, 2011.

[74] 胡適. 中國古代哲學史 [M]. 合肥: 安徽教育出版社, 1999.

[75] 胡志紅. 西方生態批評研究 [M]. 北京: 中國社會科學出版社, 2006.

[76] 霍爾姆斯·羅爾斯頓. 哲學走向荒野 [M]. 劉開, 等, 譯. 長春: 吉林人民出版社, 2000.

[77] 江楓. 弗羅斯特詩選: 英漢對照 [M]. 北京: 外語教學與研究出版社, 2012.

[78] 老聃, 莊周. 老子·莊子 [M]. 沈陽: 遼海出版社, 2012.

[79] 雷毅. 深層生態學思想研究 [M]. 北京: 清華大學出版社, 2001.

[80] 雷毅. 20世紀生態運動理論: 從淺層走向深層 [J]. 國外社會科學, 1999 (6): 26-31.

[81] 雷毅. 奈斯與深層生態學 [J]. 自然辯證法通迅, 2001 (3): 82-87.

[82] 雷毅. 淺層生態學與深層, 長遠生態運動概要 [J]. 哲學譯叢,

1998（4）：65-67.

［83］理查德·普瓦里耶，馬克·理查森. 弗羅斯特集：詩全集、散文和戲劇作品［M］. 曹明倫，譯. 沈陽：遼寧教育出版社，2002.

［84］李海彥，劉珍龍. 析弗羅斯特詩歌中的人文意識［J］. 山東文學，2010（2）：115-117.

［85］劉保安. 論弗羅斯特的自然詩［J］. 天津外國語學院學報，2003（6）：76-78.

［86］劉炳善. 英國文學簡史［M］. 上海：上海外語教育出版社，1981.

［87］彭予. 20世紀美國詩歌——從龐德到羅伯特·布萊［M］. 開封：河南大學出版社，1995.

［88］陶淵明. 陶淵明詩文選譯［M］. 上海：上海教育出版社，1984.

［89］王宏印. 弗羅斯特詩歌精譯：英漢對照［M］. 天津：南開大學出版社，2014.

［90］王諾. 歐美生態文學［M］. 北京：北京大學出版社，2003.

［91］王新球. 羅伯特·弗羅斯特與他的田園詩歌［J］. 上海大學學報，2000（6）：43-48.

［92］魏曉笛. 生態危機與對策：人與自然的永久話題［M］. 濟南：濟南出版社，2003.

［93］吳富恒，王譽公. 美國作家論［M］. 濟南：山東教育出版社，1999.

［94］吳偉仁. 英國文學史及選讀［M］. 北京：外語教學與研究出版社，1988.

［95］肖錦鳳. 從深層生態學的角度解讀羅伯特·弗羅斯特的詩歌［D］. 長沙：中南大學，2009.

［96］肖錦鳳. 試論羅伯特·弗羅斯特詩歌中的深層生態意識［J］. 湖南人文科技學院學報，2011（5）：37-39.

［97］肖錦鳳. 試論羅伯特·弗羅斯特深層生態意識的形成［J］. 懷化學院學報，2012（3）：63-64.

［98］肖錦鳳. 羅伯特·弗羅斯特詩歌中深層生態意識的現代意義［J］. 湖南科技學院學報，2012（5）：33-34.

［99］肖錦鳳. 論弗羅斯特的深層生態意識及其當代價值［J］. 湖北經濟學院學報，2014（1）：26-27.

［100］肖錦鳳. 羅伯特·弗羅斯特詩歌中的道家美［J］. 短篇小說，2015（9）：13-14.

[101] 肖錦鳳. 羅伯特·弗羅斯特詩歌中的道家思想 [J]. 懷化學院學報, 2015 (9): 95-97.

[102] 肖錦鳳. 弗羅斯特詩歌中道家思想的當代價值 [J]. 語文學刊, 2015 (11): 58-60.

[103] 楊金才. 新編美國文學史: 第三卷 [M]. 上海: 上海外語教育出版社, 2002.

[104] 張伯香, 馬建軍. 英國文學教程 [M]. 武漢: 武漢大學出版社, 1998.

[105] 張子清. 20世紀美國詩歌史 [M]. 長春: 吉林教育出版社, 1995.

[106] 趙毅衡. 詩神遠遊——中國如何改變了美國現代詩 [M]. 上海: 上海譯文出版社, 2003.

[107] 朱復. 現代美國詩概論 [J]. 小說月報, 1930, 21 (5).

[108] 朱振武. 解碼丹·布朗創作的空前成功 [J]. 上海大學學報: 社會科學版, 2005 (4): 44.

[109] 向達. 論道家生態思想及其現代意義 [J]. 生態文明, 2009 (12): 61.

附錄1：弗羅斯特詩歌精選[①]

弗羅斯特一生創作了300多首詩歌，本附錄中精選的40多首詩歌都是在本書中引用了其部分或全部詩行的詩歌，並按照其詩行在本書中引用的順序排列。由於詩歌是語言最精粹和凝練，是藝術技巧最豐富多樣的語言藝術，因此要譯好詩句是相當困難的。雖然弗羅斯特詩集的譯者曹明倫先生是一代大家，但翻譯過程中要完全地再現原文的意境還是很不容易的。有評論者因此認為詩歌是不可譯的，與其勉強譯出，歪曲和誤解原詩，還不如不譯。弗羅斯特曾說過一句譏誚話：「詩就是在翻譯中喪失的東西。」這正是「詩不可譯」論的代表。但是我們應當看到，就在「詩歌是否可譯」的論爭持續進行的同時，大量優秀譯詩不斷出現，受到讀者的喜愛。實際上，許多讀者正是通過譯文才有機會瞭解和欣賞其他民族的優秀詩歌。為了幫助讀者更好地理解原詩的意境，忠實地體現弗羅斯特詩歌「簡單深邃」的風格，再現原作的優美意境，避免詩歌翻譯過程中「精」「氣」「神」的喪失，將原詩的魅力和感染力如實地傳達出來。筆者在此把本書中所引用詩行的詩歌原版英文摘錄下來，幫助讀者更好地理解弗羅斯特的詩歌，亦可給讀者留下思辨的空間。

STOPPING BY WOODS ON A SNOWY EVENING

Whose woods these are I think I know.
His house is in the village, though;
He will not see me stopping here
To watch his woods fill up with snow.

My little horse must think it queer
To stop without a farmhouse near

[①] Lathem, Edward Connery. The Poetry of Robert Frost: the Collected Poems, Complete and Unabridged [M]. New York: Holt, 1969.

Between the woods and frozen lake
The darkest evening of the year.

He gives his harness bells a shake
To ask if there is some mistake.
The only other sound's the sweep
Of easy wind and downy flake.

The woods are lovely, dark and deep.
But I have promises to keep,
And miles to go before I sleep,
And miles to go before I sleep.

THE ROAD NOT TAKEN

Two roads diverged in a yellow wood,
And sorry I could not travel both
And be one traveler, long I stood
And looked down one as far as I could
To where it bent in the undergrowth;

Then took the other, as just as fair,
And having perhaps the better claim,
Because it was grassy and wanted wear;
Though as for that the passing there
Had worn them really about the same,

And both that morning equally lay
In leaves no step had trodden black.
Oh, I kept the first for another day!
Yet knowing how way leads on to way,
I doubted if I should ever come back.

I shall be telling this with a sigh
Somewhere ages and ages hence:
Two roads diverged in a wood, and I—
I took the one less traveled by,
And that has made all the difference.

TREE AT MY WINDOW

Tree at my window, window tree,

My sash is lowered when night comes on;
But let there never be curtain drawn
Between you and me.

Vague dream-head lifted out of the ground,
And thing next most diffuse to cloud,
Not all your light tongues talking aloud
Could be profound.

But, tree, I have seen you taken and tossed,
And if you have seen me when I slept,
You have seen me when I was taken and swept
And all but lost.

That day she put our heads together,
Fate had her imagination about her,
Your head so much concerned with outer,
Mine with inner, weather.

DESERT PLACES

Snow falling and night falling fast, oh, fast
In a field I looked into going past,
And the ground almost covered smooth in snow,
But a few weeds and stubble showing last.

The woods around it have it—it is theirs.
All animals are smothered in their lairs.
I am too absent-spirited to count;
The loneliness includes me unawares.

And lonely as it is, that loneliness
Will be more lonely ere it will be less—
A blanker whiteness of benighted snow
With no expression, nothing to express.

They cannot scare me with their empty spaces
Between stars—on stars where no human race is.
I have it in me so much nearer home
To scare myself with my own desert places.

BIRCHES

When I see birches bend to left and right
Across the lines of straighter darker trees,
I like to think some boy's been swinging them.
But swinging doesn't bend them down to stay
As ice storms do. Often you must have seen them
Loaded with ice a sunny winter morning
After a rain. They click upon themselves
As the breeze rises, and turn many-colored
As the stir cracks and crazes their enamel.
Soon the sun's warmth makes them shed crystal shells
Shattering and avalanching on the snow crust—
Such heaps of broken glass to sweep away
You'd think the inner dome of heaven had fallen.
They are dragged to the withered bracken by the load,
And they seem not to break; though once they are bowed
So low for long, they never right themselves:
You may see their trunks arching in the woods
Years afterward, trailing their leaves on the ground
Like girls on hands and knees that throw their hair
Before them over their heads to dry in the sun.
But I was going to say when Truth broke in
With all her matter of fact about the ice storm,
I should prefer to have some boy bend them
As he went out and in to fetch the cows—
Some boy too far from town to learn baseball,
Whose only play was what he found himself,
Summer or winter, and could play alone.
One by one he subdued his father's trees
By riding them down over and over again
Until he took the stiffness out of them,
And not one but hung limp, not one was left
For him to conquer. He learned all there was
To learn about not launching out too soon
And so not carrying the tree away

Clear to the ground. He always kept his poise
To the top branches, climbing carefully
With the same pains you use to fill a cup
Up to the brim, and even above the brim.
Then he flung outward, feet first, with a swish,
Kicking his way down through the air to the ground.
So was I once myself a swinger of birches.
And so I dream of going back to be.
It's when I'm weary of considerations,
And life is too much like a pathless wood
Where your face burns and tickles with the cobwebs
Broken across it, and one eye is weeping
From a twig's having lashed across it open.
I'd like to get away from earth awhile
And then come back to it and begin over
May no fate willfully misunderstand me
And half grant what I wish and snatch me away
Not to return. Earth's the right place for love:
I don't know where it's likely to go better.
I'd like to go by climbing up a snow-white trunk
Toward heaven, till the tree could bear no more,
But dipped its top and set me down again.
That would be good both going and coming back.
One could do worse than be a swinger of birches.

AN OLD MAN'S WINTER NIGHT

All out-of-doors looked darkly in at him
Through the thin frost, almost in separate stars,
That gathers on the pane in empty rooms.
What kept his eyes from giving back the gaze
Was the lamp tilted near them in his hand.
What kept him from remembering what it was
That brought him to that creaking room was age.
He stood with barrels round him — at a loss.
And having scared the cellar under him
In clomping there, he scared it once again

In clomping off — and scared the outer night,
Which has its sounds, familiar, like the roar
Of trees and crack of branches, common things,
But nothing so like beating on a box.
A light he was to no one but himself
Where now he sat, concerned with he knew what,
A quiet light, and then not even that.
He consigned to the moon—such as she was,
So late-arising—to the broken moon
As better than the sun in any case
For such a charge, his snow upon the roof,
His icicles along the wall to keep;
And slept. The log that shifted with a jolt
Once in the stove, disturbed him and he shifted,
And eased his heavy breathing, but still slept.
One aged man — one man — can't keep a house,
A farm, a countryside, or if he can,
It's thus he does it of a winter night.

STARS

How countlessly they congregate
O'er our tumultuous snow,
Which flows in shapes as tall as trees
When wintry winds do blow —

As if with keenness for our fate,
Our faltering few steps on
To white rest, and a place of rest
Invisible at dawn —

And yet with neither love nor hate,
Those stars like some snow-white
Minerva's snow-white marble eyes
Without the gift of sight.

NEITHER OUT FAR NOR IN DEEP

The people along the sand
All turn and look one way.

They turn their back on the land.
They look at the sea all day.

As long as it takes to pass
A ship keeps raising its hull;
The wetter ground like glass
Reflects a standing gull.

The land may vary more;
But wherever the truth may be—
The water comes ashore,
And the people look at the sea.

They cannot look out far.
They cannot look in deep.
But when was that ever a bar
To any watch they keep?

FOR ONCE, THEN, SOMETHING

Others taunt me with having knelt at well-curbs
Always wrong to the light, so never seeing
Deeper down in the well than where the water
Gives me back in a shining surface picture
Me myself in the summer heaven, godlike,
Looking out of a wreath of fern and cloud puffs.
Once, when trying with chin against a well-curb,
I discerned, as I thought, beyond the picture,
Through the picture, a something white, uncertain,
Something more of the depths—and then I lost it.
Water came to rebuke the too clear water.
One drop fell from a fern, and lo, a ripple
Shook whatever it way lay there at bottom,
Blurred it, blotted it out. What was that whiteness?
Truth? A pebble of quartz? For once, then, something.

DESIGN

I found a dimpled spider, fat and white,
On a white heal-all, holding up a moth
Like a white piece of rigid satin cloth—

Assorted characters of death and blight
Mixed ready to begin the morning right,
Like the ingredients of a witches' broth—
A snow-drop spider, a flower like a froth,
And dead wings carried like a paper kite.

What had that flower to do with being white,
The wayside blue and innocent heal-all?
What brought the kindred spider to that height,
Then steered the white moth thither in the night?
What but design of darkness to appall?
If design govern in a thing so small.

IN HARDWOOD GROVES

The same leaves over and over again!
They fall from giving shade above,
To make one texture of faded brown
And fit the earth like a leather glove.

Before the leaves can mount again
To fill the trees with another shade,
They must go down past things coming up.
They must go down into the dark decayed.

They must be pierced by flowers and put
Beneath the feet of dancing flowers.
However it is in some other world
I know that this is the way in ours.

NOTHING GOLD CAN STAY

Nature's first green is gold,
Her hardest hue to hold.
Her early leaf's a flower;
But only so an hour.
Then leaf subsides to leaf.
So Eden sank to grief,
So dawn goes down to day.
Nothing gold can stay.

AFTER APPLE-PICKING

My long two-pointed ladder's sticking through a tree
Toward heaven still,
And there's a barrel that I didn't fill
Beside it, and there may be two or three
Apples I didn't pick upon some bough.
But I am done with apple-picking now.
Essence of winter sleep is on the night,
The scent of apples: I am drowsing off.
I cannot rub the strangeness from my sight
I got from looking through a pane of glass
I skimmed this morning from the drinking trough
And held against the world of hoary grass.
It melted, and I let it fall and break.
But I was well
Upon my way to sleep before it fell,
And I could tell
What form my dreaming was about to take.
Magnified apples appear and disappear,
Stem end and blossom end,
And every fleck of russet showing dear.
My instep arch not only keeps the ache,
It keeps the pressure of a ladder-round.
I feel the ladder sway as the boughs bend.
And I keep hearing from the cellar bin
The rumbling sound
Of load on load of apples coming in.
For I have had too much
Of apple-picking: I am overtired
Of the great harvest I myself desired.
There were ten thousand thousand fruit to touch,
Cherish in hand, lift down, and not let fall.
For all
That struck the earth,
No matter if not bruised or spiked with stubble,

Went surely to the cider-apple heap
As of no worth.
One can see what will trouble
This sleep of mine, whatever sleep it is.
Were he not gone,
The woodchuck could say whether it's like his
Long sleep, as I describe its coming on,
Or just some human sleep.

COME IN

As I came to the edge of the woods,
Thrush music—hark!
Now if it was dusk outside,
Inside it was dark.

Too dark in the woods for a bird
By sleigh of wing
To better its perch for the night,
Though it still could sing.

The last of the light of the sun
That had died in the west
Still lived for one song more
In a thrush's breast.

Far in the pillared dark
Thrush music went—
Almost like a call to come in
To the dark and lament.

But no, I was out for stars;
I would not come in.
I meant not even if asked,
And I hadn't been.

INTO MY OWN

One of my wishes is that those dark trees,
So old and firm they scarcely show the breeze,
Were not, as'twere, the merest mask of gloom,

But stretched away unto the edge of doom.

I should not be withheld but that some day
Into their vastness I should steal away,
Fearless of ever finding open land,
Or highway where the slow wheel pours the sand.

I do not see why I should e'er turn back,
Or those should not set forth upon my track
To overtake me, who should miss me here
And long to know if still I held them dear.

They would not find me changed from him they knew—
Only more sure of all I thought was true.

TO THE THAWING WIND

Come with rain. O loud Southwester!
Bring the singer, bring the nester;
Give the buried flower a dream;
Make the settled snowbank steam;
Find the brown beneath the white;
But whate'er you do tonight,
Bathe my window, make it flow,
Melt it as the ice will go;
Melt the glass and leave the sticks
Like a hermit's crucifix;
Burst into my narrow stall;
Swing the picture on the wall;
Run the rattling pages o'er;
Scatter poems on the floor;
Turn the poet out of door.

THE OVEN BIRD

There is a singer everyone has heard,
Loud, a mid-summer and a mid-wood bird,
Who makes the solid tree trunks sound again.
He says that leaves are old and that for flowers
Mid-summer is to spring as one to ten.
He says the early petal-fall is past

When pear and cherry bloom went down in showers
On sunny days a moment overcast;
And comes that other fall we name the fall.
He says the highway dust is over all.
The bird would cease and be as other birds
But that he knows in singing not to sing.
The question that he frames in all but words
Is what to make of a diminished thing.

GOOD-BY AND KEEP COLD

This saying good-by on the edge of the dark
And the cold to an orchard so young in the bark
Reminds me of all that can happen to harm
An orchard away at the end of the farm
All winter, cut off by a hill from the house.
I don't want it girdled by rabbit and mouse,
I don't want it dreamily nibbled for browse
By deer, and I don't want it budded by grouse.
(If certain it wouldn't be idle to call
I'd summon grouse, rabbit, and deer to the wall
And warn them away with a stick for a gun.)
I don't want it stirred by the heat of the sun.
(We made it secure against being, I hope,
By setting it out on a northerly slope.)
No orchard's the worse for the wintriest storm,
But one thing about it, it mustn't get warm.
「How often already you've had to be told,
Keep cold, young orchard. Good-by and keep cold.
Dread fifty above more than fifty below.」
I have to be gone for a season or so.
My business awhile is with different trees,
Less carefully nurtured, less fruitful than these,
And such as is done to their wood with an ax—
Maples and birches and tamaracks.
I wish I could promise to lie in the night
And think of an orchard's arboreal plight,

When slowly (and nobody comes with a light)
Its heart sinks lower under the sod.
But something has to be left to God.

THE FEAR OF GOD

If you should rise from Nowhere up to Somewhere,
From being No one up to being Someone,
Be sure to keep repeating to yourself
You owe it to an arbitrary god
Whose mercy to you rather than to others
Won't bear too critical examination.
Stay unassuming. If for lack of license
To wear the uniform of who you are,
You should be tempted to make up for it
In a subordinating look or tone,
Beaware of coming too much to the surface
And using for apparel what was meant.
To be the curtain of the inmost soul.

ROSE POGONIAS

A saturated meadow,
Sun-shaped and jewel-small,
A circle scarcely wider
Than the trees around were tall;
Where winds were quite excluded,
And the air was stifling sweet
With the breath of many flowers —
A temple of the heat.

There we bowed us in the burning,
As the sun's right worship is,
To pick where none could miss them
A thousand orchises;
For though the grass was scattered,
Yet every second spear
Seemed tipped with wings of color,
That tinged the atmosphere.

We raised a simple prayer
Before we left the spot,
That in the general mowing
That place might be forgot;
Or if not all so favored,
Obtain such grace of hours,
That none should mow the grass there
While so confused with flowers.

A LATE WALK

When I go up through the mowing field,
The headless aftermath,
Smooth-laid like thatch with the heavy dew,
Half closes the garden path.

And when I come to the garden ground,
The whir of sober birds
Up from the tangle of withered weeds
Is sadder than any words.

A tree beside the wall stands bare,
But a leaf that lingered brown,
Disturbed, I doubt not, by my thought,
Comes softly rattling down.

I end not far from my going forth,
By picking the faded blue
Of the last remaining aster flower
To carry again to you.

MEETING AND PASSING

As I went down the hill along the wall
There was a gate I had leaned at for the view
And had just turned from when I first saw you
As you came up the hill. We met. But all
We did that day was mingle great and small
Footprints in summer dust as if we drew
The figure of our being less than two
But more than one as yet. Your parasol

Pointed the decimal off with one deep thrust.
And all the time we talked you seemed to see
Something down there to smile at in the dust.
(Oh, it was without prejudice to me!)
Afterward I went past what you had passed
Before we met, and you what I had passed.

THE QUEST OF THE PURPLE-FRINGED

I felt the chill of the meadow underfoot,
But the sun overhead;
And snatches of verse and song of scenes like this
I sung or said.

I skirted the margin alders for miles and miles
In a sweeping line.
The day was the day by every flower that blooms,
But I saw no sign.

Yet further I went to be before the scythe,
For the grass was high;
Till I saw the path where the slender fox had come
And gone panting by.

Then at last and following him I found—
In the very hour
When the color flushed to the petals it must have been—
The far-sought flower.

There stood the purple spires with no breath of air
Nor headlong bee
To disturb their perfect poise the livelong day
'Neath the alder tree.

I only knelt and putting the boughs aside
Looked, or at most
Counted them all to the buds in the copse's depth
That were pale as a ghost.

Then I arose and silently wandered home,
And I for one

Said that the fall might come and whirl of leaves,
For summer was done.

MY BUTTERFLY

Thine emulous fond flowers are dead, too,
And the daft sun-assaulter, he
That frightened thee so oft, is fled or dead:
Save only me
(Nor is it sad to thee!)
Save only me
There is none left to mourn thee in the fields.

The gray grass is scarce dappled with the snow;
Its two banks have not shut upon the river;
But it is long ago—
It seems forever—
Since first I saw thee glance,
With all thy dazzling other ones,
In airy dalliance,
Precipitate in love,
Tossed, tangled, whirled and whirled above,
Like a limp rose-wreath in a fairy dance.

When that was, the soft mist
Of my regret hung not on all the land,
And I was glad for thee,
And glad for me, I wist.
Thou didst not know, who tottered, wandering on high,
That fate had made thee for the pleasure of the wind,
With those great careless wings,
Nor yet did I.

And there were other things:
It seemed God let thee flutter from his gentle clasp,
Then fearful He had let thee win
Too far beyond Him to be gathered in,
Snatched thee, o'ereager, with ungentle grasp.

Ah! I remember me

How once conspiracy was rife

Against my life—

The languor of it and the dreaming fond;

Surging, the grasses dizzied me of thought,

The breeze three odors brought,

And a gem-flower waved in a wand!

Then when I was distraught

And could not speak,

Sidelong, full on my cheek,

What should that reckless zephyr fling

But the wild touch of thy dye-dusty wing!

I found that wing broken today!

For thou art dead, I said,

And the strange birds say.

I found it with the withered leaves

Under the eaves.

TO A MOTH SEEN IN WINTER

Here's first a gloveness hand warm from my pocket,

A perch and resting place 'twixt wood and wood,

Bright-black-eyed silvery creature, brushed with brown.

(Who would you be, I wonder, by those marks

If I had moths to friend as I have flowers?)

And now pray tell what lured you with false hope

To make the venture of eternity

And seek the love of kind in wintertime?

But stay and hear me out. I surely think

You make a labor of flight for one so airy,

Spending yourself too much in self-support.

Nor will you find love either, nor love you.

And what I pity in you is something human,

The old incurable untimeliness,

Only begetter of all ills that are.

But go. You are right. My pity cannot help.

Go till you wet your pinions and are quenched.

You must be made more simply wise than I
To know the hand I stretch impulsively
Across the gulf of well-nigh everything
May reach to you, but cannot touch your fate.
I cannot touch your life, much less can save,
Who am tasked to save my own a little while.

WEST-RUNNING BROOK

「Fred, where is north?」
「North? North is there, my love.
The brook runs west.」
「West-Running Brook then call it.」
(West-Running Brook men call it to this day.)
「What does it think it's doing running west
When all the other country brooks flow east
To reach the ocean? It must be the brook
Can trust itself to go by contraries
The way I can with you—and you with me—
Because we're—we're—I don't know what we are.
What are we?」
「Young or new?」
「We must be something.
We've said we two. Let's change that to we three.
As you and I are married to each other,
We'll both be married to the brook. We'll build
Our bridge across it, and the bridge shall be
Our arm thrown over it asleep beside it.
Look, look, it's waving to us with a wave
To let us know it hears me.」
「Why, my dear,
That wave's been standing off the jut of shore—」
(The black stream, catching on a sunken rock,
Flung backward on itself in one white wave,
And the white water rode the black forever,
Not gaining but not losing, like a bird
White feathers from the struggle of whose breast

Flecked the dark stream and flecked the darked pool
Below the point, and were at last driven wrinkled
In a white scarf against the far-shore alders.)
「That wave's been standing off this jut of shore
Ever since rivers, I was going to say,
Were made in heaven. It wasn't waved to us.」
「It wasn't, yet it was. If not to you,
It was to me—in an annunciation.」
「Oh, if you take it off to lady-land,
As't were the country of the Amazons
We men must see you to the confines of
And leave you there, ourselves forbid to enter—
It is your brook! I have no more to say.」
「Yes, you have, too. Go on. You thought of something.」
「Speaking of contraries, see how the brook
In that white wave runs counter to itself.
It is from that in water we were from
Long, long before we were from any creature.
Here we, in our impatience of the steps,
Get back to the beginning of beginnings,
The stream of everything that runs away.
Some say existence like a Pirouot
And Pirouette, forever in one place,
Stands still and dances, but it runs away;
It seriously, sadly, runs away
To fill the abyss's void with emptiness.
It flows beside us in this water brook,
But it flows over us. It flows between us
To separate us for a panic moment.
It flows between us, over us, and with us.
And it is time, strength, tone, light, life, and love—
And even substance lapsing unsubstantial;
The universal cataract of death
That spends to nothingness—and unresisted,
Save by some strange resistance in itself,
Not just a swerving, but a throwing back,

As if regret were in it and were sacred.
It has this throwing backward on itself
So that the fall of most of it is always
Raising a little, sending up a little.
Our life runs down in sending up the clock.
The brook runs down in sending up our life.
The sun runs down in sending up the brook.
And there is something sending up the sun.
It is this backward motion toward the source,
Against the stream, that most we see ourselves in,
The tribute of the current to the source.
It is from this in nature we are from.
It is most us.」
「Today will be the day
You said so.」
「No, today will be the day
You said the brook was called West-Running Brook.」
「Today will be the day of what we both said.」

THE TUFT OF FLOWERS

I went to turn the grass once after one
Who mowed it in the dew before the sun.

The dew was gone that made his blade so keen
Before I came to view the leveled scene.

I looked for him behind an isle of trees;
I listened for his whetstone on the breeze.

But he had gone his way, the grass all mown,
And I must be, as he had been — alone,

「As all must be,」I said within my heart,
「Whether they work together or apart.」

But as I said it, swift there passed me by
On noiseless wing a bewildered butterfly,

Seeking with memories grown dim o'er night
Some resting flower of yesterday's delight.

And once I marked his flight go round and round,
As where some flower lay withering on the ground.

And then he flew as far as eye could see,
And then on tremulous wing came back to me.

I thought of questions that have no reply,
And would have turned to toss the grass to dry;

But he turned first, and led my eye to look
At a tall tuft of flowers beside a brook,

A leaping tongue of bloom the scythe had spared
Beside a reedy brook the scythe had bared.

The mower in the dew had loved them thus,
By leaving them to flourish, not for us,

Nor yet to draw one thought of ours to him.
But from sheer morning gladness at the brim.

The butterfly and I had lit upon,
Nevertheless, a message from the dawn,

That made me hear the wakening birds around,
And hear his long scythe whispering to the ground,

And feel a spirit kindred to my own;
So that henceforth I worked no more alone;

But glad with him, I worked as with his aid,
And weary, sought at noon with him the shade;

And dreaming, as it were, held brotherly speech
With one whose thought I had not hoped to reach.

「Men work together,」 I told him from the heart,
「Whether they work together or apart.」

THE LAST MOWING

There's a place called Faraway Meadow
We never shall mow in again,
Or such is the talk at the farmhouse:
The meadow is finished with men.

Then now is the chance for the flowers
That can't stand mowers and plowers.
It must be now, though, in season
Before the not mowing brings trees on,
Before trees, seeing the opening,
March into a shadowy claim.
The trees are all I'm afraid of,
That flowers can't bloom in the shade of;
It's no more men I'm afraid of;
The meadow is done with the tame.
The place for the moment is ours
For you, oh tumultuous flowers,
To go to waste and go wild in,
All shapes and colors of flowers,
I needn't call you by name.

THE GUM-GATHERER

There overtook me and drew me in
To his down-hill, early-morning stride,
And set me five miles on my road
Better than if he had had me ride,
A man with a swinging bag for load
And half the bag wound round his hand.
We talked like barking above the din
Of water we walked along beside.
And for my telling him where I'd been
And where I lived in mountain land
To be coming home the way I was,
He told me a little about himself.
He came from higher up in the pass
Where the grist of the new-beginning brooks
Is blocks split off the mountain mass —
And hopeless grist enough it looks
Ever to grind to soil for grass.
(The way it is will do for moss.)
There he had built his stolen shack.

It had to be a stolen shack
Because of the fears of fire and loss
That trouble the sleep of lumber folk:
Visions of half the world burned black
And the sun shrunken yellow in smoke.
We know who when they come to town
Bring berries under the wagon seat,
Or a basket of eggs between their feet;
What this man brought in a cotton sack
Was gum, the gum of the mountain spruce.
He showed me lumps of the scented stuff
Like uncut jewels, dull and rough
It comes to market golden brown;
But turns to pink between the teeth.

I told him this is a pleasant life
To set your breast to the bark of trees
That all your days are dim beneath,
And reaching up with a little knife,
To loose the resin and take it down
And bring it to market when you please.

A LONE STRIKER

The swinging mill bell changed its rate
To tolling like the count of fate,
And though at that the tardy ran,
One failed to make the closing gate.
There was a law of God or man
That on the one who came too late
The gate for half an hour be locked,
His time be lost, his pittance docked.
He stood rebuked and unemployed.
The straining mill began to shake.
The mill, though many-many-eyed,
Had eyes inscrutably opaque;
So that he couldn't look inside
To see if some forlorn machine

Was standing idle for his sake.
(He couldn't hope its heart would break.)

And yet he thought he saw the scene:
The air was full of dust of wool.
A thousand yarns were under pull,
But pull so slow, with such a twist,
All day from spool to lesser spool,
It seldom overtaxed their strength;
They safely grew in slender length.
And if one broke by any chance,
The spinner saw it at a glance.
The spinner still was there to spin.
That's where the human still came in.
Her deft hand showed with finger rings
Among the harplike spread of strings.
She caught the pieces end to end
And, with a touch that never missed,
Not so much tied as made them blend.
Man's ingenuity was good.
He saw it plainly where he stood,
Yet found it easy to resist.

He knew another place, a wood,
And in it, tall as trees, were cliffs;
And if he stood on one of these,
Twould be among the tops of trees,
Their upper branches round him wreathing,
Their breathing mingles with his breathing.
If—if he stood! Enough of ifs!
He knew a path that wanted walking;
He knew a spring that wanted drinking;
A thought that wanted further thinking;
A love that wanted re-renewing.
Nor was this just a way of talking
To save him the expense of doing.
With him it boded action, deed.

The factory was very fine;
He wished it all the modern speed.
Yet, after all. 'twas not divine,
That is to say, 'twas not a church.
He never would assume that he'd
Be any institution's need.
But he said then and stil would say,
If there should ever come a day
When industry seemed like to die
Because he left it in the lurch,
Or even merely seemed to pine
For want of his approval, why,
Come get him—they knew where to search.

GATHERING LEAVES

Spades take up leaves
No better than spoons,
And bags full of leaves
Are light as balloons.

I make a great noise
Of rustling all day
Like rabbit and deer
Running away.

But the mountains I raise
Elude my embrace,
Flowing over my arms
And into my face.

I may load and unload
Again and again
Till I fill the whole shed,
And what have I then?

Next to nothing for weight,
And since they grew duller
From contact with earth,
Next to nothing for color.

Next to nothing for use.
But a crop is a crop,
And who's to say where
The harvest shall stop?

A PRAYER IN SPRING

Oh, give us pleasure in the flowers today;
And give us not to think so far away
As the uncertain harvest; keep us here
All simply in the springing of the year.

Oh, give us pleasure in the orcahrd white,
Like nothing else by day, like ghosts by night;
And make us happy in the happy bees,
The swarm dilating round the perfect trees.

And make us happy in the darting bird
That suddenly above the bees is heard,
The meteor that thrusts in with needle bill,
And off a blossom in mid-air stands still.

For this is love and nothing else is love,
To which it is reserved for God above
To sanctify to what far ends He will,
But which it only needs that we fulfill.

BLUEBERRIES

「You ought to have seen what I saw on my way
To the village, through Patterson's pasture today:
Blueberries as big as the end of your thumb,
Real sky-blue, and heavy, and ready to drum
In the cavernous pail of the first one to come!
And all ripe together, not some of them green
And some of them ripe! You ought to have seen!」
「I don't know what part of the pasture you mean.」
「You know where they cut off the woods—let me see—
It was two years ago—or no! —can it be
No longer than that? —and the following fall
The fire ran and burned it all up but the wall.」

「Why, there hasn't been time for the bushes to grow.
That's always the way with the blueberries, though:
There may not have been the ghost of a sign
Of them anywhere under the shade of the pine,
But get the pine out of the way, you may burn
The pasture all over until not a fern
Or grass-blade is left, not to mention a stick,
And presto, they'r up all around you as thick
And hard to explain as a conjuror's trick.」
「It must be on charcoal they fatten their fruit.
I taste in them sometimes the flavor of soot.
And after all, really they're ebony skinned:
The blue's but a mist from the breath of the wind,
A tarnish that goes at a touch of the hand,
And less than the tan with which pickers are tanned.」
「Does Patterson know what he has, do you think?」
「He may and not care, and so leave the chewink
To gater them for him—you know what he is.
He won't make the fact that they're rightfully his
An excuse for keeping us other folk out.」
「I wonder you didn't see Loren about.」
「The best of it was that I did. Do you know,
I was just getting through what the field had to show
And over the wall and into the road,
When who should come by, with a democrat-load
Of all the young chattering Lorens alive,
But Loren, the fatherly, out for a drive.」
「He saw you, then? What did he do? Did he frown?」
「He just kept nodding his head up and down.
You know how politely he always goes by.
But he thought a big thought—I could tell by his eye—
Which being expressed, might be this in effect:
「I have left those there berries, I shrewdly suspect,
To ripen too long. I am greatly to blame.」」
「He's a thriftier person than some I could name.」
「He seems to be thrifty; and hasn't he need,

With the mouths of all those young Lorens to feed?
He has brought them all up on wild berries, they say,
Like birds. They store a great many away.
They eat them the year round, and those they don't eat
They sell in the store and buy shoes for their feet.」
「Who cares what they say? It's a nice way to live,
Just taking what Nature is willing to give,
Not forcing her hand with harrow and plow.」
「I wish you had seen his perpetual bow—
And the air of the youngsters! Not one of them turned,
And they looked so solemn-absurdly concerned.」
「I wish I knew half what the flock of them know
Of where all the berries and other things grow,
Cranberries in bogs and raspberries on top
Of the boulder-strewn mountain, and when they will crop.
I met them one day and each had a flower
Stuck into his berries as fresh as a shower;
Some strange kind—they told me it hadn't a name.」
「I've told you how once, not long after we came,
I almost provoked poor Loren to mirth
By going to him of all people on earth
To ask if he knew any fruit to be had
For the picking. The rascal, he said he'd be glad
To tell if he knew. But the year had been bad.
There had been some berries—but those were all gone.
He didn't say where they had been. He went on:
「I'm sure—I'm sure'—as polite as could be.
He spoke to his wife in the door, 「Let me see,
Mame, we don't know any good berrying place?」
It was all he could do to keep a straight face.」
「If he thinks all the fruit that grows wild is for him,
He'll find he's mistaken. See here, for a whim,
We'll pick in the Pattersons' pasture this year.
We'll go in the morning, that is , if it's clear,
And the sun shines out warm; the vines must be wet.
It's so long since I picked I almost forget

How we used to pick berries: we took one look round,
The sank out of sightlike trolls underground,
And saw nothing more of each other, or heard,
Unless when you said I was keeping a bird
Away from its nest, and I said it was you.
「Well, one of us is.」For complaining it flew
Around and around us. And then for a while
We picked, till I feared you had wandered a mile,
And I thought I had lost you. I lifted a shout
Too loud for the distance you were, it turned out,
For when you made answer, your voice was as low
As talking—you stood up beside me, you know.」
「We shan't have the place to ourselves to enjoy—
Not likely, when all the young Lorens deploy.
They'll be there tomorrow, or even tonight.
They won't be too friendly—they may be polite—
To people they look on as having no right
To pick where they're picking. But we won't complain.
You ought to have seen how it looked in the rain,
The fruit mixed with water in layers of leaves,
Like two kinds of jewels, a vision for thieves.」

ACCEPTANCE

When the spent sun throws up its rays on cloud
And goes down burning into the gulf below,
No voice in nature is heard to cry aloud
At what has happened. Birds, at least must know
It is the change to darkness in the sky.
Murmuring something quiet in her breast,
One bird begins to close a faded eye;
Or overtaken too far from his nest,
Hurrying low above the grove, some waif
Swoops just in time to his remembered tree.
At most he thinks or twitters softly, 「safe!
Now let the night be dark for all of me.
Let the night be too dark for me to see

Into the future. Let what will be, be.」

THERE ARE ROUGHLY ZONES

We sit indoors and talk of the cold outside.
And every gust that gathers strength and heaves
Is a threat to the house. But the house has long been tired.
We think of the tree. If it never again has leaves,
We'll know, we say, that this was the night it died.
It is very far north, we admit, to have brought the peach.
What comes over a man, is it soul or mind—
That to no limits and bounds he can stay confined?
You would say his ambition was to extend the reach
Clear to the Arctic of every living kind.
Why is his nature forever so hard to teach
That though there is no fixed line between wrong and right,
There are roughly zones whose laws must be obeyed?
There is nothing much we can do for the tree tonight,
But we can't help feeling more than a little betrayed
That the northwest wind should rise to such a height
Just when the cold went down so many below.
The tree has no leaves and may never have them again.
We must wait till some months hence in the spring to know.
But if it is destined never again to grow,
It can blame this limitless trait in the hearts of men.

THE EXPOSED NEST

You were forever finding some new play.
So when I saw you down on hands and knees
In the meadow, busy with the new-cut hay,
Trying, I thought, to set it up on end,
I went to show you how to make it stay,
If that was your idea, against the breeze,
And, if you asked me, even help pretend
To make it root again and grow afresh.
But 'twas no make-believe with you today,
Nor was the grass itself your real concern,

Though I found your hand full of wilted fern,
Steel-bright June-grass, and blackening heads of clovers.
'Twas a nest full of young birds on the ground
The cutter bar had just gone champing over
(Miraculously without tasting flesh)
And left defenseless to the heat and light.
You wanted to restore them to their right
Of something interposed between their sight
And too much world at once — could means be found.
The way the nest-full every time we stirred
Stood up to us as to a mother-bird
Whose coming home has been too long deferred,
Made me ask would the mother-bird return
And care for them in such a change of scene,
And might our meddling make her more afraid.
That was a thing we could not wait to learn.
We saw the risk we took in doing good,
But dared not spare to do the best we could
Though harm should come of it; so built the screen
You had begun, and gave them back their shade.
All this to prove we cared. Why is there then
No more to tell? We turned to other things.
I haven't any memory—have you —
Of ever coming to the place again
To see if the birds lived the first night through,
And so at last to learn to use their wings.

BUILD SOIL

A political pastoral

Why, Tityrus! But you've forgotten me.
I'm Mebiboeus the patato man,
The one you had the talk with, you remember,
Here on this very campus years ago.
Hard times have struck me and I'm on the move.
I've had to give my interval farm up
For interest, and I've bought a mountain farm

For nothing down, all-out-doors of a place,
All woods and pasture only fit for sheep.
But sheep is what I'm going into next.
I'm done forever with potato crops
At thirty cents a bushel. Give me sheep.
I know wool's down to seven cents a pound.
But I don't calculate to sell my wool.
I didn't my potatoes. I consumed them.
I'll dress up in sheep's clothing and eat sheep.
The Muse takes care of you. You live by writing
Your poems on a farm and call that farming.
Oh, I don't blame you. I say take life easy.
I should myself, only I don't know how.
But have some pity on us who have to work.
Why don't you use your talents as a writer
To advertise our farms to city buyers,
Or else write something to improve food prices.
Get in a poem toward the next election.
Oh, Meliboeus, I have half a mind
To take a writing hand in politics.
Before now poetry has taken notice
Of wars, and what are wars but politics
Transformed from chronic to acute and bloody?
I may be wrong, but, Tityrus, to me
The times seem revolutionary bad.
The question is whether they've reached a depth
Of desperation that would warrant poetry's
Leaving love's alternations, joy and grief,
The weather's alternations, summer and winter,
Our age-long theme, for the uncertainty
Of judging who is a contemporary liar—
Who in particular, when all alike
Get called as much in clashes of ambition.
Life may be tragically bad, and I
Make bold to sing it so, but do I dare
Name names and tell you who by name is wicked?

Whittier's luck with Skipper Ireson awes me—
(Many men's luck with Greatest Washington
Equally for the nation's Constitution).
I prefer to sing safely in the realm
Of types, composite and imagined people:
To affirm there is such a thing as evil
Personified, but ask to be excused
From saying on a jury「Here's the guilty.」
I doubt if you're convinced the times are bad.
I keep my eye on Congress, Meliboeus.
They're in the best position of us all
To know if anything is very wrong.
I mean they could be trusted to give the alarm
If earth were thought about to change its axis,
Or a star coming to dilate the sun.
As long as lightly all their livelong sessions,
Like a yardful of schoolboys out at recess
Before their plays and games were organized,
They yelling mix tag, hide-and-seek, hopscotch,
And leapfrog in each other's way—all's well.
Let newspapers profess to fear the worst!
Nothing's portentous, I am reassured.
Is socialism needed, do you think?
We have it now. For socialism is
An element in any government.
There's no such thing as socialism pure—
Except as an abstraction of the mind.
There's only democratic socialism,
Monarchic socialism, oligarchic—
The last being what they seem to have in Russia.
You often get it most in monarchy,
Least in democracy. In practice, pure,
I don't know what it would be. No one knows.
I have no doubt like all the loves when
Philosophized together into one—
One sickness of the body and the soul.

Thank God our practice holds the loves apart,
Beyond embarrassing self-consciousness
Where natural friends are met, where dogs are kept,
Where women pray with priests. There is no love.
There's only love of men and women, love
Of children, of friends, of men, of God:
Divine love, human love, parental love,
Roughly discriminated for the rough.
Poetry, itself once more, is back in love.
Pardon the analogy, my Meliboeus,
For sweeping me away. Let's see, where was I?
But don't you think more should be socialized
Than is?
What should you mean by socialized?
Made good for everyone—things like inventions—
Made so we all should get the good of them—
All, not just great exploiting businesses.
We sometimes only get the bad of them.
In your sense of the word ambition has
Been socialized—the first propensity
To be attempted. Greed may well come next.
But the worst one of all to leave uncurbed,
Unsocialized, is ingenuity:
Which for no sordid self-aggrandizement,
(In this it is as much like hate as love),
Works in the dark as much against as for us.
Even while we talk some chemist at Columbia
Is stealthily contriving wool from jute
That when let loose upon the grazing world
Will put ten thousand farmers out of sheep.
Everyone asks for freedom for himself,
The man free love, the businessman free trade,
The writer and talker free speech and free press.
Political ambition has been taught,
By being punished back, it is not free:
It must at some point gracefully refrain.

Greed has been taught a little abnegation
And shall be more before we're done with it.
It is just fool enough to think itself
Self-taught. But our brute snarling and lashing taught it.
None shall be as ambitious as he can.
None should be as ingenious as he could,
Not if I had my say. Bounds should be set
To ingenuity for being so cruel
In bringing change unheralded on the unready.
I elect you to put the curb on it.
Were I dictator, I'll tell you what I'd do.
What should you do?
I'd let things take their course
And then I'd claim the credit for the outcome.
You'd make a sort of safety-first dictator.
Don't let the things I say against myself
Betray you into taking sides against me,
Or it might get you into trouble with me.
I'm not afraid to prophesy the future,
And be judged by the outcome, Meliboeus.
Listen and I will take my dearest risk.
We're always too much out or too much in.
At present from a cosmical dilation
We're so much out that the odds are against
Our ever getting inside in again.
But inside in is where we've got to get.
My friends all know I'm interpersonal.
But long before I'm interpersonal,
Away'way down inside I'm personal.
Just so before we're international,
We're national and act as nationals.
The colors are kept unmixed on the palette,
Or better on dish plates all round the room,
So the effect when they are mixed on canvas
May seem almost exclusively designed.
Some minds are so confounded intermental

They remind me of pictures on a palette:
「Look at what happened. Surely some god pinxit.
Come look at my significant mud pie.」
It's hard to tell which is the worse abhorrence,
Whether it's persons pied or nations pied.
Don't let me seem to say the exchange, the encounter,
May not be the important thing at last.
It well may be. We meet—I don't say when—
But must bring to the meeting the maturest,
The longest-saved-up, raciest, localest
We have strength of reserve in us to bring.
Tityrus, sometimes I'm perplexed myself
To find the good of commerce. Why should I
Have to sell you my apples and buy yours?
It can't be just to give the robber a chance
To catch them and take toll of them in transit.
Too mean a thought to get much comfort out of.
I figure that like any bandying
Of words or toys, it ministers to health.
It very likely quickens and refines us.
To market 'tis our destiny to go.
But much as in the end we bring for sale there,
There is still more we never bring or should bring;
More that should be kept back—the soil for instance,
In my opinion—though we both know poets
Who fall all over each other to bring soil
And even subsoil and hardpan to market.
To sell the hay off, let alone the soil,
Is an unpardonable sin in farming.
The mortal is, make a late start to market.
Let me preach to you, will you, Meliboeus?
Preach on. I thought you were already preaching.
But preach and see if I can tell the difference.
Needless to say to you, my argument
Is not to lure the city to the country.
Let those possess the land, and only those,

Who love it with a love so strong and stupid
That they may be abused and taken advantage of
And made fun of by business, law, and art;
They still hang on. That so much of the earth's
Unoccupied need not make us uneasy.
We don't pretend to complete occupancy.
The world's one globe, human society
Another softer globe that slightly flattened
Rests on the world, and clinging slowly rolls.
We have our own round shape to keep unbroken.
The world's size has no more to do with us
Than has the universe's. We are balls,
We are round from the same source of roundness.
We are both round because the mind is round,
Because all reasoning is in a circle.
At least that's why the universe is round.
If what you're preaching is a line of conduct,
Just what am I supposed to do about it?
Reason in circles?
No, refuse to be
Seduced back to the land by any claim
The land may seem to have on man to use it.
Let none assume to till the land but farmers.
I only speak to you as one of them.
You shall go to your run-out mountain farm,
Poor castaway of commerce, and so live
That none shall ever see you come to market—
Not for a long, long time. Plant, breed, produce,
But what you raise or grow, why, feed it out,
Eat it or plow it under where it stands,
To build the soil. For what is more accursed
Than an impoverished soil, pale and metallic?
What cries more to our kind for sympathy?
I'll make a compact with you, Meliboeus,
To match you deed for deed and plan for plan.
Friends crowd around me with their five-year plans

That Soviet Russia has made fashionable.
You come to me and I'll unfold to you
A five-year plan I call so not because
It takes ten years or so to carry out,
Rather because it took five years at least
To think it out. Come close, let us conspire—
In self-restraint, if in restraint of trade.
You will go to your run-out mountain farm
And do what I command you. I take care
To command only what you meant to do
Anyway. That is my style of dictator.
Build soil. Turn the farm in upon itself
Until it can contain itself no more,
But sweating-full, drips wine and oil a little.
I will go to my run-out social mind
And be as unsocial with it as I can.
The thought I have, and my first impulse is
To take to market—I will turn it under.
The thought from that thought—I will turn it under.
And so on to the limit of my nature.
We are too much out, and if we won't draw in
We shall be driven in. I was brought up
A state-rights free-trade Democrat. What's that?
An inconsistency. The state shall be
Laws to itself, it seems, and yet have no
Control of what it sells or what it buys.
Suppose someone comes near me who in rate
Of speech and thinking is so much my better
I am imposed on, silenced and discouraged.
Do I submit to being supplied by him
As the more economical producer,
More wonderful, more beautiful producer?
No. I unostentatiously move off
Far enough for my thought-flow to resume.
Thought product and food product are to me
Nothing compared to the producing of them.

I sent you once a song with the refrain:
Let me be the one
To do what is done—
My share at least, lest I be empty-idle.
Keep off each other and keep each other off.
You see the beauty of my proposal is
It needn't wait on general revolution.
I bid you to a one-man revolution—
The only revolution that is coming.
We're too unseparate out among each other—
With goods to sell and notions to impart.
A youngster comes to me with half a quatrain
To ask me if I think it worth the pains
Of working out the rest, the other half.
I am brought guaranteed young prattle poem
Made publicly in school, above suspicion
Of plagiarism and help of cheating parents.
We congregate embracing from distrust
As much as love, and too close in to strike
And be so very striking. Steal away,
The song says. Steal away and stay away.
Don't join too many gangs. Join few if any.
Join the United States and join the family—
But not much in between unless a college.
Is it a bargain, Shepherd Meliboeus?
Probably, but you're far too fast and strong
For my mind to keep working in your presence.
I can tell better after I get home,
Better a month from now when cutting posts
Or mending fence it all comes back to me
What I was thinking when you interrupted
My life-train logic. I agree with you
We're too unseparate. And going home
From company means coming to our senses.

ONE STEP BACKWARD TAKEN

Not only sands and gravels

Were once more on their travels,
But gulping muddy gallons
Great boulders off their balance
Bumped heads together dully
And started down the gully.
Whole capes caked off in slices.
I felt my standpoint shaken
In the universal crisis.
But with one step backward taken
I saved myself from going.
A world torn loose went by me.
Then the rain stopped and the blowing,
And the sun came out to dry me.

THE PASTURE

I'm going out to clean the pasture spring;
I'll only stop to rake the leaves away
(And wait to watch the water clear, I may):
I shan't be gone long — You come too.

I'm going out to fetch the little calf
That's standing by the mother. It's so young,
It totters when she licks it with her tongue.
I shan't be gone long — You come too.

PRECAUTION

I never dared be radical when young
For fear it would make me conservative when old.

TWO TRAMPS IN MUD TIME

Out of the mud two strangers came
And caught me splitting wood in the yard.
And one of them put me off my aim
By hailing cheerily「Hit them hard!」
I knew pretty well why he dropped behind
And let the other go on a way.
I knew pretty well what he had in mind:
He wanted to take my job for pay.

Good blocks of oak it was I split,
As large around as the chopping block;
And every piece I squarely hit
Fell splinterless as a cloven rock.
The blows that a life of self-control
Spares to strike for the common good,
That day, giving a loose to my soul,
I spent on the unimportant wood.

The sun was warm but the wind was chill.
You know how it is with an April day
When the sun is out and the wind is still,
You're one month on in the middle of May.
But if you so much as dare to speak,
A cloud comes over the sunlit arch,
A wind comes off a frozen peak,
And you're two months back in the middle of March.
A bluebird comes tenderly up to alight

And turns to the wind to unruffled a plume,
His song so pitched as not to excite
A single flower as yet to bloom.
It is snowing a flake: and he half knew
Winter was only playing possum.
Except in color he isn't blue,
But he wouldn't advise a thing to blossom.

The water for which we may have to look
In summertime with a witching wand,
In every wheelrut's now a brook,
In every print of a hoof a pond.
Be glad of water, but don't forget
The lurking frost in the earth beneath
That will steal forth after the sun is set
And show on the water its crystal teeth.

The time when most I loved my task
These two must make me love it more

By coming with what they came to ask.
You'd think I never had felt before
The weight of an ax-head poised aloft,
The grip on earth of outspread feet,
The life of muscles rocking soft
And smooth and moist in vernal heat.

Out of the woods two hulking tramps
(From sleeping God knows where last night,
But not long since in the lumber camps).
They thought all chopping was theirs of right.
Men of the woods and lumberjacks,
They judged me by their appropriate tool.
Except as a fellow handled an ax
They had no way of knowing a fool.

Nothing on either side was said.
They knew they had but to stay their stay
And all their logic would fill my head:
As that I had no right to play
With what was another man's work for gain.
My right might be love but theirs was need.
And where the two exist in twain
Theirs was the better right-agreed.

But yield who will to their separation,
My object in living is to unite
My avocation and my vocation
As my two eyes make one in sight.
Only where love and need are one,
And the work is play for mortal stakes,
Is the deed ever really done
For Heaven and the future's sakes.

THE WOOD-PILE

Out walking in the frozen swamp one gray day,
I paused and said, 「I will turn back from here.
No, I will go on farther—and we shall see.」

The hard snow held me, save where now and then
One foot went through. The view was all in lines
Straight up and down of tail slim trees
Too much alike to mark or name a place by
So as to say for certain I was here
Or somewhere else: I was just far from home.
A small bird flew before me. He was careful
To put a tree between us when he lighted,
And say no word to tell me who he was
Who was so foolish as to think what he thought.
He thought that I was after him for a feather—
The white one in his tail; like one who takes
Everything said as personal to himself.
One flight out sideways would have undeceived him.
And then there was a pile of wood for which
I forgot him and let his little fear
Carry him off the way I might have gone,
Without so much as wishing him good-night.
He went behind it to make his last stand.
It was a cord of maple, cut and split
And piled—and measured, four by four by eight.
And not another like it could I see.
No runner tracks in this year's snow looped near it.
And it was older sure than this year's cutting,
Or even last year's or the year's before.
The wood was gray and the bark warping off it
And the pile somewhat sunken. Clematis
Had wound strings round and round it like a bundle.
What held it, though, on one side was a tree
Still growing, and on one a stake and prop,
These latter about to fall. I thought that only
Someone who lived in turning to fresh tasks
Could so forget his handiwork on which
He spent himself the labour of his axe,
And leave it there far from a useful fireplace
To warm the frozen swamp as best it could

With the slow smokeless burning of decay.

MOWING

There was never a sound beside the wood but one,
And that was my long scythe whispering to the ground.
What was it it whispered? I knew not well myself;
Perhaps it was something about the heat of the sun,
Something, perhaps, about the lack of sound—
And that was why it whispered and did not speak.
It was no dream of the gift of idle hours,
Or easy gold at the hand of fay or elf:
Anything more than the truth would have seemed too weak
To the earnest love that laid the swale in rows,
Not without feeble-pointed spikes of flowers
(Pale orchises), and scared a bright green snake.
The fact is the sweetest dream that labour knows.
My long scythe whispered and left the hay to make.

DIRECTIVE

Back out of all this now too much for us,
Back in a time made simple by the loss
Of detail, burned, dissolved, and broken off
Like graveyard marble sculpture in the weather,
There is a house that is no more a house
Upon a farm that is no more a farm
And in a town that is no more a town.
The road there, if you'll let a guide direct you
Who only has at heart your getting lost,
May seem as if it should have been a quarry—
Great monolithic knees the former town
Long since gave up pretense of keeping covered.
And there's a story in a book about it:
Besides the wear of iron wagon wheels
The ledges show lines ruled southeast-northwest,
The chisel work of an enormous Glacier
That braced his feet against the Arctic Pole.

You must not mind a certain coolness from him
Still said to haunt this side of Panther Mountain.
Nor need you mind the serial ordeal
Of being watched from forty cellar holes
As if by eye pairs out of forty firkins
As for the woods' excitement over you
That sends light rustle rushes to their leaves,
Charge that to upstart inexperience.
Where were they all not twenty years ago?
They think too much of having shaded out
A few old pecker-fretted apple trees.
Make yourself up a cheering song of how
Someone's road home from work this once was,
Who may be just ahead of you on foot
Or creaking with a buggy load of grain.
The height of the adventure is the height
Of country where two village cultures faded
Into each other. Both of them are lost.
And if you're lost enough to find yourself
By now, pull in your ladder road behind you
And put a sign up CLOSED to all but me.
Then make yourself at home. The only field
Now left's no bigger than a harness gall.
First there's the children's house of make-believe,
Some shattered dishes underneath a pine,
The playthings in the playhouse of the children.
Weep for what little things could make them glad.
Then for the house that is no more a house,
But only a belilaced cellar hole,
Now slowly closing like a dent in dough.
This was no playhouse but a house in earnest.
Your destination and your destiny's
A brook that was the water of the house,
Cold as a spring as yet so near its source,
Too lofty and original to rage.
(We know the valley streams that when aroused

Will leave their tatters hung on barb and thorn.)
I have kept hidden in the instep arch
Of an old cedar at the waterside
A broken drinking goblet like the Grail
Under a spell so the wrong ones can't find it,
So can't get saved, as Saint Mark says they mustn't.
(I stole the goblet from the children's playhouse.)
Here are your waters and your watering place.
Drink and be whole again beyond confusion.

THE SOUND OF TREES

I wonder about the trees.
Why do we wish to bear
Forever the noise of these
More than another noise
So close to our dwelling place?
We suffer them by the day
Till we lose all measure of pace,
And fixity in our joys,
And acquire a listening air.
They are that that talks of going
But never gets away;
And that talks no less for knowing,
As is grows wiser and older,
That now it means to stay.
My feet tug at the floor
And my head sways to my shoulder
Sometimes when I watch trees sway,
From the window or the door.
I shall set forth for somewhere,
I shall make the reckless choice
Some day when they are in voice
And tossing so as to scare
The white clouds over them on.
I shall have less to say,
But I shall be gone.

A BROOK IN THE CITY

The farmhouse lingers, though averse to square
With the new city street it has to wear
A number in. But what about the brook
That held the house as in an elbow-crook?
I ask as one who knew the brook, its strength
And impulse, having dipped a finger length
And made it leap my knuckle, having tossed
A flower to try its currents where they crossed.
The meadow grass could be cemented down
From growing under pavements of a town;
The apple trees be sent to hearthstone flame.
Is water wood to serve a brook the same?
How else dispose of an immortal force
No longer needed? Staunch it at its source
With cinder loads dumped down? The brook was thrown
Deep in a sewer dungeon under stone
In fetid darkness still to live and run—
And all for nothing it had ever done,
Except forget to go in fear perhaps.
No one would know except for ancient maps
That such a brook ran water. But I wonder
If from its being kept forever under,
The thoughts may not have risen that so keep
This new-built city from both work and sleep.

HYLA BROOK

By June our brook's run out of song and speed.
Sought for much after that, it will be found
Either to have gone groping underground
(And taken with it all the Hyla breed
That shouted in the mist a month ago,
Like ghost of sleigh bells in a ghost of snow)—
Or flourished and come up in jewelweed,
Weak foliage that is blown upon and bent,
Even against the way its waters went.

Its bed is left a faded paper sheet
Of dead leaves stuck together by the heat—
A brook to none but who remember long.
This as it will be seen is other far
Than with brooks taken otherwhere in song.
We love the things we love for what they are.

DUST OF SNOW

The way a crow
Shook down on me
The dust of snow
From a hemlock tree

Has given my heart
A change of mood
And saved some part
Of a day I had rued.

THE NEED OF BEING VERSED IN COUNTRY THINGS

The house had gone to bring again
To the midnight sky a sunset glow.
Now the chimney was all of the house that stood,
Like a pistil after the petals go.

The barn opposed across the way,
That would have joined the house in flame
Had it been the will of the wind, was left
To bear forsaken the place's name.

No more it opened with all one end
For teams that came by the stony road
To drum on the floor with scurrying hoofs
And brush the mow with the summer load.

The birds that came to it through the air
At broken windows flew out and in,
Their murmur more like the sigh we sigh
From too much dwelling on what has been.

Yet for them the lilac renewed its leaf,

And the aged elm, though touched with fire;
And the dry pump flung up an awkward arm;
And the fence post carried a strand of wire.

For them there was really nothing sad.
But though they rejoiced in the nest they kept,
One had to be versed in country things
Not to believe the phoebes wept.

PUTTING IN THE SEED

You come to fetch me from my work tonight
When supper's on the table, and we'll see
If I can leave off burying the white
Soft petals fallen from the apple tree
(Soft petals, yes, but not so barren quite,
Mingled with these, smooth bean and wrinkled pea),
And go along with you ere you lose sight
Of what you came for and become like me,
Slave to a springtime passion for the earth.
How Love burns through the Putting in the Seed
On through the watching for that early birth
When, just as the soil tarnishes with weed,
The sturdy seedling with arched body comes
Shouldering its way and shedding the earth crumbs.

THE EGG AND THE MACHINE

He gave the solid rail a hateful kick.
From far away there came an answering tick
And then another tick. He knew the code:
His hate had roused an engine up the road.
He wished when he had had the track alone
He had attacked it with a club or stone
And bent some rail wide open like switch,
So as to wreck the engine in the ditch.
Too late though, now, he had himself to thank.
Its click was rising to a nearer clank.
Here it came breasting like a horse in skirts.

(He stood well back for fear of scalding squirts.)
Then for a moment all there was was size,
Confusion and a roar that drowned the cries
He raised against the gods in the machine.
Then once again the sandbank lay serene.
The traveler's eye picked up a turtle trail,
between the dotted feet a streak of tail,
And followed it to where he made out vague
But certain signs of buried turtle's egg;
And probing with one finger not too rough,
He found suspicious sand, and sure enough,
The pocket of a little turtle mine.
If there was one egg in it there were nine,
Torpedo-like, with shell of gritty leather
All packed in sand to wait the trump together.
「You'd better not disturb me anymore,」
He told the distance, 「I am armed for war.
The next machine that has the power to pass
Will get this plasm in its goggle glass.」

附錄2：《道德經》[1]

本附錄中的《道德經》，亦稱《老子》，是道家思想創始人老子的嘔血之作。《道德經》文字簡約而內容博大，對人類歷史影響深遠，被梁啓超譽為「道家最精要之書」。全書分上篇「道經」和下篇「德經」兩個部分，八十一章，約五千字，集中體現了老子的哲學體系，即由論宇宙而論人生，再由論人生而論政治。《道德經》中含有大量樸素的辯證法思想，認為事物都有正反兩方面，正反兩方面不是一成不變的，而是相互轉化的。《道德經》中還有大量的民本思想，如「天之道，損有余而補不足。人之道則不然，損不足以奉有余」「民之饑，以其上食稅之多」等；其社會政治觀則集中體現為「無為而治」。后世帝王採取的「休養生息」政策，多多少少都受到了老子政治思想的影響。通觀《道德經》全篇，洋洋五千言全用韻文寫成，多有對偶，以古音讀之，大致合韻，今音讀來亦有詩歌之節奏韻味。細細品讀，讀者卻又不得不感嘆其文字簡約而意境深遠。

上篇：道經

《老子·一章》

道可道，非常道。名可名，非常名。無名，天地之始；有名，萬物之母。故常無欲，以觀其妙；常有欲，以觀其徼。此兩者，同出而異名，同謂之玄。玄之又玄，眾妙之門。

《老子·二章》

天下皆知美之為美，斯惡已；皆知善之為善，斯不善已。故有無相生，難易相成，長短相形，高下相盈，音聲相和，前后相隨。是以聖人處無為之事，行不言之教。萬物作焉而不辭，生而不有，為而不恃，功成而弗居。夫唯弗

---

[1] 老聃，莊周. 老子·莊子 [M]. 沈陽：遼海出版社，2012.

居，是以不去。

《老子·三章》

不尚賢，使民不爭；不貴難得之貨，使民不為盜；不見可欲，使民心不亂。是以聖人之治，虛其心，實其腹，弱其志，強其骨。常使民無知無欲，使夫智者不敢為也。為無為，則無不治。

《老子·四章》

道衝，而用之或不盈。淵兮，似萬物之宗。挫其銳，解其紛，和其光，同其塵。湛兮，似或存。吾不知誰之子，象帝之先。

《老子·五章》

天地不仁，以萬物為芻狗；聖人不仁，以百姓為芻狗。天地之間，其猶橐籥乎？虛而不屈，動而愈出。多言數窮，不如守中。

《老子·六章》

谷神不死，是謂玄牝。玄牝之門，是謂天地根。綿綿若存，用之不勤。

《老子·七章》

天長地久。天地所以能長且久者，以其不自生，故能長生。是以聖人後其身而身先，外其身而身存。非以其無私邪？故能成其私。

《老子·八章》

上善若水。水善利萬物而不爭，處眾人之所惡，故幾於道。居善地，心善淵，與善仁，言善信，政善治，事善能，動善時。夫唯不爭，故無尤。

《老子·九章》

持而盈之，不如其已；揣而銳之，不可長保。金玉滿堂，莫之能守；富貴而驕，自遺其咎。功遂身退，天之道。

《老子·十章》

載營魄抱一，能無離乎？專氣致柔，能嬰兒乎？滌除玄鑒，能如疵乎？愛國治民，能無為乎？天門開闔，能為雌乎？明白四達，能無知乎？

《老子·十一章》

三十輻，共一轂，當其無，有車之用。埏埴以為器，當其無，有器之用。鑿戶牖以為室，當其無，有室之用。故有之以為利，無之以為用。

《老子·十二章》

五色令人目盲，五音令人耳聾，五味令人口爽，馳騁畋獵令人心發狂，難得之貨令人行妨。是以聖人為腹不為目，故去彼取此。

《老子·十三章》

寵辱若驚，貴大患若身。何謂寵辱若驚？寵為下，得之若驚，失之若驚，

是謂寵辱若驚。何謂貴大患若身？吾所以有大患者，為吾有身，及吾無身，吾有何患？故貴以身為天下，若可寄天下；愛以身為天下，若可托天下。

《老子·十四章》

視之不見，名曰夷；聽之不聞，名曰希；搏之不得，名曰微。此三者不可致詰，故混而為一。其上不皦，其下不昧。繩繩不可名，復歸於無物。是謂無狀之狀，無物之象，是謂惚恍。迎之不見其首，隨之不見其后。執古之道，以御今之有。能知古始，是謂道紀。

《老子·十五章》

古之善為道者，微妙玄通，深不可識。夫唯不可識，故強為之容。豫兮若冬涉川；猶兮若畏四鄰；儼兮其若客；渙兮其若凌釋；敦兮其若樸；曠兮其若谷；混兮其若濁；澹兮其若海；飄兮若無止。孰能濁以靜之徐清？孰能安以動之徐生？保此道者，不欲盈。夫唯不盈，故能蔽而新成。

《老子·十六章》

致虛極，守靜篤。萬物並作，吾以觀復。夫物芸芸，各復歸其根。歸根曰靜，是謂復命。復命曰常，知常曰明。不知常，妄作凶。知常容，容乃公，公乃全，全乃天，天乃道，道乃久，沒身不殆。

《老子·十七章》

太上，不知有之；其次，親而譽之；其次，畏之；其次，侮之。信不足焉，有不信焉。悠兮其貴言。功成事遂，百姓皆謂我自然。

《老子·十八章》

大道廢，有仁義；智慧出，有大偽；六親不和，有孝慈；國家昏亂，有忠臣。

《老子·十九章》

絕聖棄智，民利百倍；絕仁棄義，民復孝慈；絕巧棄利，盜賊無有。此三者以為文不足。故令有所屬，見素抱樸，少私寡欲，絕學無憂。

《老子·二十章》

唯之與阿，相去幾何？美之與惡，相去若何？人之所畏，不可不畏。荒兮，其未央哉！眾人熙熙，如享太牢，如春登臺。我獨泊兮，其未兆；沌沌兮，如嬰兒之未孩；儽儽兮，若無所歸。眾人皆有余，而我獨若遺。我愚人之心也哉！俗人昭昭，我獨昏昏。俗人察察，我獨悶悶。眾人皆有以，而我獨頑且鄙。我獨異於人，而貴食母。

《老子·二十一章》

孔德之容，惟道是從。道之為物，惟恍惟惚。惚兮恍兮，其中有象；恍兮

惚兮，其中有物。窈兮冥兮，其中有精；其精甚真，其中有信。自今及古，其名不去，以閱眾甫。吾何以知眾甫之然哉？以此。

《老子·二十二章》

曲則全，枉則直，窪則盈，敝則新，少則多，多則惑。是以聖人抱一為天下式。不自見，故明；不自是，故彰；不自伐，故有功；不自矜，故長。夫唯不爭，故天下莫能與之爭。古之所謂曲則全者，豈虛言哉！誠全而歸之。

《老子·二十三章》

希言自然。故飄風不終朝，驟雨不終日。孰為此者？天地。天地尚不能久，而況於人乎？故從事於道者，同於道；德者，同於德；失者，同於失。同於道者，道亦樂得之；同於德者，德亦樂得之；同於失者，失亦樂得之。

《老子·二十四章》

企者不立；跨者不行；自見者不明；自是者不彰；自伐者無功；自矜者不長。其在道也，曰余食贅形。物或惡之，故有道者不處。

《老子·二十五章》

有物混成，先天地生。寂兮寥兮，獨立而不改，周行而不殆，可以為天地母。吾不知其名，字之曰道，強為之名曰大。大曰逝，逝曰遠，遠曰反。故道大，天大，地大，人亦大。域中有四大，而人居其一焉。人法地，地法天，天法道，道法自然。

《老子·二十六章》

重為輕根，靜為躁君。是以聖人終日行不離輜重。雖有榮觀，燕處超然。奈何萬乘之主，而以身輕天下？輕則失本，躁則失君。

《老子·二十七章》

善行無轍跡，善言無瑕謫；善數不用籌策；善閉無關楗而不可開，善結無繩約而不可解。是以聖人常善救人，故無棄人；常善救物，故無棄物。是謂襲明。故善人者，不善人之師；不善人者，善人之資。不貴其師，不愛其資，雖智大迷，是謂要妙。

《老子·二十八章》

知其雄，守其雌，為天下谿。為天下谿，常德不離，復歸於嬰兒。知其白，守其辱，為天下式。為天下式，常德乃足，復歸於樸。知其白，守其黑，為天下式。為天下式，常德不忒，復歸於無極。樸散則為器，聖人用之，則為官長，故大智不割。

《老子·二十九章》

將欲取天下而為之，吾見其不得已。天下神器，不可為也，不可執也。為者敗之，執者失之。是以聖人無為，故無敗；無執，故無失。夫物或行或隨；

或嘘或吹；或強或羸；或載或隳。是以聖人去甚，去奢，去泰。

《老子·三十章》

以道佐人主者，不以兵強天下。其事好還。師之所處，荊棘生焉。大軍之後，必有凶年。善有果而已，不敢以取強。果而勿矜，果而勿伐，果而勿驕。果而不得已，果而勿強。物壯則老，是謂不道，不道早已。

《老子·三十一章》

夫兵者，不祥之器，物或惡之，故有道者不處。君子居則貴左，用兵則貴右。兵者不祥之器，非君子之器，不得已而用之，恬淡為上。勝而不美，而美之者，是樂殺人。夫樂殺人者，則不可得志於天下矣。吉事尚左，凶事尚右。偏將軍居左，上將軍居右，言以喪禮處之。殺人之眾，以哀悲泣之，戰勝以喪禮處之。

《老子·三十二章》

道常無名，樸。雖小，天下莫能臣也。侯王若能守之，萬物將自賓。天地相合，以降甘露，民莫之令而自均。始制有名，名亦既有，夫亦將知止，知止可以不殆。譬道之在天下，猶川谷之於江海。

《老子·三十三章》

知人者智，自知者明。勝人者有力，自勝者強。知足者富。強行者有志。不失其所者久。死而不亡者壽。

《老子·三十四章》

大道泛兮兮，其可左右。萬物恃之而生而不辭，功成不名有。愛養萬物而不為主，常無欲，可名於小；萬物歸焉而不為主，可名為大。以其終不自為大，故能成其大。

《老子·三十五章》

執大象，天下往。往而不害，安平泰。樂與餌，過客止。道之出口，淡乎其無味，視之不足見，聽之不足聞，用之不足既。

《老子·三十六章》

將欲歙之，必固張之；將欲弱之，必固強之；將欲廢之，必固興之；將欲奪之，必故與之。是謂微明。柔弱勝剛強。魚不可脫於淵，國之利器不可以示人。

下篇：德經

《老子·三十七章》

道常無為而無不為。侯王若能守之，萬物將自化。化而欲作，吾將鎮之以無名之樸。鎮之以無名之樸，夫亦將不欲。不欲以靜，天下將自正。

《老子·三十八章》
　　上德不德，是以有德；下德不失德，是以無德。上德無為而無以為；下德為之而有以為。上仁為之而無以為；上義為之而有以為。上禮為之而莫之應，則攘臂而扔之。故失道而后德，失德而后仁，失仁而后義，失義而后禮。夫禮者，忠信之薄，而亂之首。前識者，道之華，而愚之始。是以大丈夫處其厚，不居其薄；處其實，不居其華。故去彼取此。

《老子·三十九章》
　　昔之得一者：天得一以清；地得一以寧；神得一以靈；谷得一以盈；萬物得一以生；侯王得一以為天下正。其致之，天無以清，將恐裂；地無以寧，將恐廢；神無以靈，將恐歇；谷無以盈，將恐竭；萬物無以生，將恐滅；侯王無以正，將恐蹶。故貴以賤為本，高以下為基。是以侯王自稱孤寡不穀。此非以賤為本邪？非乎？故致譽無譽，不欲琭琭如玉，珞珞如石。

《老子·四十章》
　　反者道之動；弱者道之用。天下萬物生於有，有生於無。

《老子·四十一章》
　　上士聞道，勤而行之；中士聞道，若存若亡；下士聞道，大笑之。不笑不足以為道。故建言有之：明道若昧；進道若退；夷道若纇；上德若谷；廣德若不足；建德若偷；質真若渝；大白若辱；大方無隅；大器晚成；大音希聲；大象無形；道隱無名。夫唯道，善貸且成。

《老子·四十二章》
　　道生一，一生二，二生三，三生萬物。萬物負陰而抱陽，衝氣以為和。人之所惡，唯孤寡不穀，而王公以為稱。故物或損之而益，或益之而損。人之所教，我亦教之。強梁者不得其死，吾將以為教父。

《老子·四十三章》
　　天下之至柔，馳騁天下之至堅。無有入無間，吾是以知無為之有益。不言之教，無為之益，天下希及之。

《老子·四十四章》
　　名與身孰親？身與貨孰多？得與亡孰病？甚愛必大費；多藏必厚亡。故知足不辱，知止不殆，可以長久。

《老子·四十五章》
　　大成若缺，其用不弊。大盈若衝，其用不窮。大直若屈，大巧若拙，大辯若訥。寒勝熱，靜勝躁。清靜為天下正。

《老子·四十六章》
　　天下有道，卻走馬以糞。天下無道，戎馬生於郊。禍莫大於不知足；咎莫

大於欲得。故知足之足，常足矣。

《老子·四十七章》

不出戶，知天下；不窺牖，見天道。其出彌遠，其知彌少。是以聖人不行而知，不見而明，不為而成。

《老子·四十八章》

為學日益，為道日損。損之又損，以至於無為。無為而無不為。取天下常以無事，及其有事，不足以取天下。

《老子·四十九章》

聖人恒無心，以百姓心為心。善者，吾善之；不善者，吾亦善之；德善。信者，吾信之；不信者，吾亦信之；德信。聖人在天下歙歙，為天下渾其心，百姓皆註其耳目，聖人皆孩之。

《老子·五十章》

出生入死。生之徒，十有三；死之徒，十有三；人之生，動之於死地，亦十有三。夫何故？以其生生之厚。蓋聞善攝生者，陸行不遇兕虎，入軍不被甲兵；兕無所投其角，虎無所措其爪，兵無所容其刃。夫何故？以其無死地。

《老子·五十一章》

道生之，德畜之，物形之，勢成之。是以萬物莫不尊道而貴德。道之尊，德之貴，夫莫之命而常自然。故道生之，德畜之；長之育之；亭之毒之；養之覆之。生而不有，為而不恃，長而不宰。是謂玄德。

《老子·五十二章》

天下有始，以為天下母。既得其母，以知其子；既知其子，復守其母，沒身不殆。塞其兌，閉其門，終身不勤。開其兌，濟其事，終身不救。見小曰明，守柔曰強。用其光，復歸其明，無遺身殃；是為襲常。

《老子·五十三章》

使我介然有知，行於大道，唯施是畏。大道甚夷，而人好徑。朝甚除，田甚蕪，倉甚虛；服文採，帶利劍，厭飲食，財貨有餘，是為盜誇。非道也哉！

《老子·五十四章》

善建者不拔，善抱者不脫，子孫以祭祀不輟。修之於身，其德乃真；修之於家，其德乃余；修之於鄉，其德乃長；修之於國，其德乃豐；修之於天下，其德乃普。故以身觀身，以家觀家，以鄉觀鄉，以國觀國，以天下觀天下。吾何以知天下然哉？以此。

《老子·五十五章》

含德之厚，比於赤子。毒蟲不螫，猛獸不據，攫鳥不搏。骨弱筋柔而握固。未知牝牡之合而朘作，精之至也。終日號而不嗄，和之至也。知和曰常，

知常曰明。益生曰祥。心使氣曰強。物壯則老，謂之不道，不道早已。

《老子·五十六章》

知者不言，言者不知。塞其兌，閉其門，挫其銳，解其紛，和其光，同其塵，是謂玄同。故不可得而親，不可得而疏；不可得而利，不可得而害；不可得而貴，不可得而賤。故為天下貴。

《老子·五十七章》

以正治國，以奇用兵，以無事取天下。吾何以知其然哉？以此。天下多忌諱，而民彌貧；民多利器，國家滋昏；人多伎巧，奇物滋起；法令滋彰，盜賊多有。故聖人雲：我無為，而民自化；我好靜，而民自正；我無事，而民自富；我無欲，而民自樸。

《老子·五十八章》

其政悶悶，其民淳淳；其政察察，其民缺缺。禍兮福之所倚，福兮禍之所伏。孰知其極？其無正。正復為奇，善復為妖。民之迷，其日固久。是以聖人方而不割，廉而不劌，直而不肆，光而不耀。

《老子·五十九章》

治人事天，莫若嗇。夫唯嗇，是謂早服；早服謂之重積德；重積德則無不克；無不克則莫知其極；莫知其極，可以有國；有國之母，可以長久；是謂深根固柢，長生久視之道。

《老子·六十章》

治大國，若烹小鮮。以道莅天下，其鬼不神；非其鬼不神，其神不傷人；非其神不傷人，聖人亦不傷人。夫兩不相傷，故德交歸焉。

《老子·六十一章》

大國者下流，天下之交，天下之牝。牝常以靜勝牡，以靜為下。故大國以下小國，則取小國；小國以下大國，則取大國。故或下以取，或下而取。大國不過欲兼畜人，小國不過欲入事人。夫兩者各得其所欲，大者宜為下。

《老子·六十二章》

道者萬物之奧。善人之寶，不善人之所保。美言可以市尊，美行可以加人。人之不善，何棄之有？故立天子，置三公，雖有拱璧以先駟馬，不如坐進此道。古之所以貴此道者何？不曰：求以得，有罪以免邪？故為天下貴。

《老子·六十三章》

為無為，事無事，味無味。大小多少，報怨以德。圖難於其易，為大於其細。天下難事，必作於易，天下大事，必作於細。是以聖人終不為大，故能成其大。夫輕諾必寡信，多易必多難。是以聖人猶難之，故終無難矣。

《老子·六十四章》
其安易持，其未兆易謀。其脆易泮，其微易散。為之於未有，治之於未亂。合抱之木，生於毫末；九層之臺，起於累土；千里之行，始於足下。民之從事，常於幾成而敗之。慎終如始，則無敗事。是以聖人欲不欲，不貴難得之貨；學不學，復眾人之所過。以輔萬物之自然，而不敢為。

《老子·六十五章》
古之善為道者，非以明民，將以愚之。民之難治，以其智多。故以智治國，國之賊；不以智治國，國之福。知此兩者亦稽式。常知稽式，是謂玄德。玄德深矣，遠矣，與物反矣，然后乃至大順。

《老子·六十六章》
江海所以能為百谷王者，以其善下之，故能為百谷王。是以聖人欲上民，必以言下之；欲先民，必以身後之。是以聖人處上而民不重，處前而民不害。是以天下樂推而不厭。以其不爭，故天下莫能與之爭。

《老子·六十七章》
天下皆謂我道大，似不肖。夫唯大，故似不肖。若肖，久矣其細也夫！我有三寶，持而保之。一曰慈，二曰儉，三曰不敢為天下先。慈故能勇；儉故能廣；不敢為天下先，故能成器長。今舍慈且勇；舍儉且廣；舍後且先；死矣！夫慈以戰則勝，以守則固。天將救之，以慈衛之。

《老子·六十八章》
善為士者，不武；善戰者，不怒；善勝敵者，不與；善用人者，為之下。是謂不爭之德，是謂用人之力，是謂配天古之極。

《老子·六十九章》
用兵有言：吾不敢為主，而為客；不敢進寸，而退尺。是謂行無行；攘無臂；扔無敵；執無兵。禍莫大於輕敵，輕敵幾喪吾寶。故抗兵相若，哀者勝矣。

《老子·七十章》
吾言甚易知，甚易行。天下莫能知，莫能行。言有宗，事有君。夫唯無知，是以不我知。知我者希，則我者貴。是以聖人被褐而懷玉。

《老子·七十一章》
知不知，上；不知知，病。夫唯病病，是以不病。聖人不病，以其病病，是以不病。

《老子·七十二章》
民不畏威，則大威至。無狎其所居，無厭其所生。夫唯不厭，是以不厭。是以聖人自知不自見；自愛不自貴。故去彼取此。

《老子·七十三章》

勇於敢則殺，勇於不敢則活。此兩者，或利或害。天之所惡，孰知其故？天之道，不爭而善勝，不言而善應，不召而自來，坦然而善謀。天網恢恢，疏而不失。

《老子·七十四章》

民不畏死，奈何以死懼之？若使民常畏死，而為奇者，吾得執而殺之，孰敢？常有司殺者殺。夫代司殺者殺，是謂代大匠斲，夫代大匠斲者，希有不傷其手矣。

《老子·七十五章》

民之饑，以其上食稅之多，是以饑。民之難治，以其上之有為，是以難治。民之輕死，以其求生之厚，是以輕死。夫唯無以生為者，是賢於貴生。

《老子·七十六章》

人之生也柔弱，其死也堅強。萬物草木之生也柔脆，其死也枯槁。故堅強者死之徒，柔弱者生之徒。是以兵強則不勝，木強則兵。強大處下，柔弱處上。

《老子·七十七章》

天之道，其猶張弓與？高者抑之，下者舉之；有餘者損之，不足者補之。天之道，損有余而補不足。人之道，則不然，損不足以奉有餘。孰能有以余奉天下？唯有道者。是以聖人為而不恃，功成而不處，其不欲見賢。

《老子·七十八章》

天下莫柔弱於水，而攻堅強者莫之能勝，其無以易之。弱之勝強，柔之勝剛，天下莫不知，莫能行。是以聖人云：受國之垢，是謂社稷主；受國不祥，是為天下王。正言若反。

《老子·七十九章》

和大怨，必有余怨，安可以為善？是以聖人執左契，而不責於人。有德司契，無德司徹。天道無親，常與善人。

《老子·八十章》

小國寡民。使有什伯之器而不用；使民重死而不遠徙。雖有舟輿，無所乘之，雖有甲兵，無所陳之。使民復結繩而用之。甘其食，美其服，安其居，樂其俗。鄰國相望，雞犬之聲相聞，民至老死，不相往來。

《老子·八十一章》

信言不美，美言不信。善者不辯，辯者不善。知者不博，博者不知。聖人不積，既以為人，己愈有；既以與人，己愈多。天之道，利而不害；聖人之道，為而不爭。

國家圖書館出版品預行編目(CIP)資料

生態批評與道家哲學視閾下的弗羅斯特詩歌研究 / 肖錦鳳, 李玲 著.
-- 第一版. -- 臺北市 : 財經錢線文化出版 : 崧博發行, 2018.11
　面 ；　公分

ISBN 978-986-96840-6-4(平裝)

1.弗羅斯特(Frost, Robert, 1874-1963) 2.詩歌 3.詩評

874.51　　　　107017664

書　　名：生態批評與道家哲學視閾下的弗羅斯特詩歌研究
作　　者：肖錦鳳、李玲 著
發行人：黃振庭
出版者：財經錢線文化事業有限公司
發行者：崧博出版事業有限公司
E-mail：sonbookservice@gmail.com
粉絲頁　　　　　網　址：
地　　址：台北市中正區延平南路六十一號五樓一室
8F.-815, No.61, Sec. 1, Chongqing S. Rd., Zhongzheng Dist., Taipei City 100, Taiwan (R.O.C.)
電　　話：(02)2370-3310　傳　真：(02) 2370-3210
總經銷：紅螞蟻圖書有限公司
地　　址：台北市內湖區舊宗路二段121巷19號
電　　話:02-2795-3656　傳真:02-2795-4100　網址：
印　　刷：京峯彩色印刷有限公司（京峰數位）

　　本書版權為西南財經大學出版社所有授權崧博出版事業有限公司獨家發行電子書及繁體書繁體版。若有其他相關權利及授權需求請與本公司聯繫。

定價：450元
發行日期：2018 年 11 月第一版
◎ 本書以POD印製發行